고전 리뷰툰

- 냉정과 열정 -

이제 읽을 때도 됐다

고전 is Back!

글·그림
키두니스트

냉정편

인류 최강의 냉냉한 고전 문학 탐구 여행

이만배   GOLDEN RABBIT

고전 리뷰툰
- 냉정과 열정 -

이제 읽을 때도 됐다

고전 is Back!

글·그림
키두니스트

*
냉
정
편
*

인류 최강의 냉냉한 고전 문학 탐구 여행

이만배

GOLDEN RABBIT

안녕하세요, 독자 여러분.
키두니스트입니다!

고전리뷰툰 냉정 편을
읽어주셔서 감사합니다!

열정 편이 나온 지가
1년도 안 됐는데
뭔가 많은 일이 있었던
기분입니다.

독자 여러분들은
그간 무슨 책을
읽으셨나요?
새로운 즐거움을
찾으셨나요?

이 책은 전작처럼, 독자분들께
문학이란 얼마나 재밌는 것인지
알리기 위해,

이렇게 막장
내용이었다니!

그리고 많은 분들이 제목만 아시는
고전문학의 실체를 알리기 위해
쓰였습니다.

앗 이거
들어봤어!

다만 열정 편에서는 신나는 이야기로 주로 풀었다면, 이번에는 좀 더 차분하게…

때로는 등줄기를 서늘하게 내려찍는 감각으로 이야기를 풀고자 합니다.

사실 대부분의 문학은 약간의 열정을 품고 있어서 작품 선정에 조금 애를 먹었지만요.

그래도 이정도면 차갑지 않나…?

작업 도중에는 예전의 미숙한 그림을 보완하기도 하고 내용을 깔끔하게 다듬기도 했습니다.

수정 깜빡했다!

이 책에 담긴 문학에는 이미 영화 등으로 수없이 응용된 유명작도 있고 거의 안 알려진 작품도 있습니다.

그것들의 공통점은…

다른 시대, 다른 나라에서 만들어졌을지라도 결국 우리와 같은 '인간'의 이야기라는 거죠.

그러니 같이 느껴봅시다. 책 속 인물들은 무슨 인생을 살았는지.

때로는 허무하게 모래를 퍼내며, 때로는 비현실적인 꿈을 꾸며, 때로는 옛 미국의 사교계로 떠나면서요.

흥미로운 이야기는 항상 우리를 기다리니까요!

목차

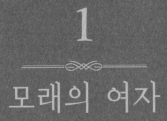

1

모래의 여자

감방에서, 구금되었다는 사실을
절실하게 실감하게 하는 것은
철창도 아니고 벽도 아니고
그 조그만 쪽창이라고 한다.

아베 코보 저, 김난주 역
민음사(2001), 141p

...

인생은…
결국 뭘 위한
거지…?

누구나 한 번쯤
했을 법한 생각입니다.

허무하게 반복되는
삶에 의미가 있는가?
특히 현대 문학에서
자주 활용되는 소재죠.

하지만 좋은 문학이라면,
현실을 있는 그대로 써내는 것
이상을 해야 합니다.
임팩트 있게 비유하고
재창조해야 하죠.

소설 《모래의 여자》는
그 모범 사례입니다.

작가인 아베 코보는
1924년생이고
도쿄대 의학부 출신의
인텔리입니다.

주요 작품으로는 《타인의 얼굴》, 《불타버린 지도》 등이 있습니다. 대표작 취급을 받는 《모래의 여자》는 1962년에 써냈고요.

고전 작가라기엔 좀 최근 사람이죠?

참고로 아베 코보에겐 별명이 있습니다. 바로 '일본의 카프카'입니다.

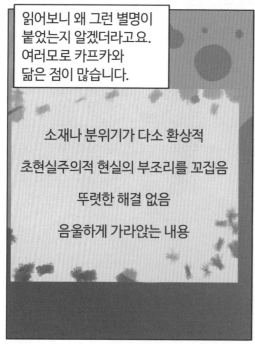

읽어보니 왜 그런 별명이 붙었는지 알겠더라고요. 여러모로 카프카와 닮은 점이 많습니다.

소재나 분위기가 다소 환상적

초현실주의적 현실의 부조리를 꼬집음

뚜렷한 해결 없음

음울하게 가라앉는 내용

하지만 제 생각엔 카프카보다 낫습니다. 카프카보다 재밌거든요.

그렇습니다. 《모래의 여자》는
재밌습니다. 참신합니다.
몽롱하고 환상적입니다.
책도 얇아서 금방 다 읽을
수 있습니다.

진짜
꿀잼!

단점은,

세상은 황량하고
회색빛이야

읽고서 굉장히
우울해진다는 거죠.

물론 아닐 수도 있습니다.

나도 이런 여자
만나고 싶다ㅎㅎㅎ

줄거리가
상당히 단순하지만
그래도 일단
요약을 하겠습니다.
그 다음 찬찬히
살펴봅시다.

일단 책을 펴면
한 남자의 실종 사건이
서술됩니다.

딱히 별날 것도 없는 사회인 남성이, 뚜렷한 이유 없이 훌쩍 사라져서…

다시는 돌아오지 않아 그대로 사망 처리되었다는 내용입니다.

이 기록으로 독자는 흥미가 확 생깁니다.

와! 갑자기 증발해서 돌아오지 않은 사람? 재밌겠다!

동시에 다소 기묘하고 우울한 인상을 받습니다.

근데…

영영 돌아오지 않았다고 결론짓고 시작하네? 해결책도 희망도 없는 이야기처럼 보이는 건 왜일까?

이 실종 사건은 책의 시작이자 마무리입니다. 기억하고 갑시다.

이제 본론이 시작됩니다.
프롤로그와 달리 주인공
남자의 시점이죠.

묘사와 정황을 통해 독자는
이 주인공이 바로 실종된
당사자임을 알 수 있습니다.

주인공은 곤충 채집이
취미인 교사입니다.
유부남이고 바쁜
사회인이지만 지금은
휴가 중입니다.

곤충을 잡기 위해 바닷가로
여행을 온 겁니다.

좋아, 이 기회에
모래에서 사는
벌레를 잡아볼까!

벌레를 잡으려면 보통은
풀밭으로 갈 텐데
이 주인공은 모래밭에
와 있군요.

그 이유는, 남들이 잘 찾지
못하는 희귀한 벌레를
찾으려는 것도 있지만…

단순히 취향 문제도 있습니다.
이 주인공은 모래에 대해
특별한 애착을 가지고 있습니다.

모래는-

암석 파편의 일종.
직경1/8mm 크기를
중심으로
고르게 분포함.

이 크기의 입자는
암석 파편 중에서
유체에 의해 가장 멀리
이동될 수 있다.

모래는 결코 쉬지 않으며
조용히, 확실하게
지표를 뒤덮는다.
계속해서 흐르기 때문에
어떤 생물도
받아들이지 못한다…

반복되는 일상에 비하면 이 얼마나 신선한지!

이 책을 한번이라도 읽으면 모래에 대해 이전과 달리 생각하지 않을까 싶을 정도로 집착적인 고찰을 보여줍니다.

그런 이유로 주인공은 도시에서 제법 떨어진 벽지의 부락을 찾아냅니다.

저 멀리 바다가 보이고 너른 모래밭이 펼쳐져 있습니다.

가난한 어촌 부락이야 어디든 있는 거지만…

…

이곳은 뭔가 기묘합니다.

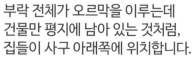

부락 전체가 오르막을 이루는데
건물만 평지에 남아 있는 것처럼,
집들이 사구 아래쪽에 위치합니다.

왜 집들이
저렇게
아래쪽에…?

모래가 쏟아지면
그대로 묻혀버릴 듯한
아슬아슬한 마을.
사방이 푸슬푸슬한
모래뿐인 마을.

하지만 주인공은
내 마을도 아니니까
그냥 벌레나 찾습니다.

시골답게 마을 사람이
경계하는 듯하지만,
신경 쓸 일은 아니죠.
어차피 하루만 지나면
떠날 마을인 걸요.

그러다 날이 저물어
묵을 곳을 찾습니다.

저 혹시
이곳 민가에
하루 머물 수
있을까요?
숙박비는
지불할게요.

음…

안 될 거 없지.
할멈, 나와봐.

할멈?

새끼줄 사다리로
사구 아래에 내려가니,

허름한 집에서
서른살 정도밖에
안 된 여자가
나옵니다.

거의 썩어가는 듯한 집,
지붕을 통과해 집 안까지
떨어지는 모래.

생활환경은 참담하지만-

주인공은 여자가
잘 챙겨준 밥을 먹고
잠자리에 듭니다.

밥에 모래가 들어가니
드시는 동안
우산을 받칠게요.

그 시간 내내 위화감은
사라지지 않고
되려 커져만 가지만요.

왜 여자 혼자
사는 집에
날 들였지?

왜 이곳은
낮이건 밤이건
집을 덮칠 듯
모래가 떨어지지?

왜 저녁이 되니
여자와 마을 사람들이
모래를 퍼내지?
꼭 매일 하는 일처럼…

그리고 제일
중요한 건,

22

위화감은 다음날 아침, 현실이 됩니다.

당장 일어나지 못해!?

사다리! 사다리 어디 갔어!

새끼줄 사다리가 밤 사이에 사라졌다고!!

당장 다시 가져오지 못해! 난 돌아가야 한다고!

날이 더워서 알몸으로 자던 여자는, 남자의 말을 듣고…

24

아무 말없이, 사죄하듯
몸을 숙입니다.

다 속인 거야?
모두가 한통속으로
나를 이 모래 구덩이에
빠뜨린 거야?

덫으로
동물을 잡듯이?

그것으로 모든 게
확실해진 거였죠.

뭐…

25

… 이곳은요.

집집마다 매일 쏟아져 내려오는 모래를 퍼내지 않으면,

금세 한 집이 모래에 묻히고 그 다음엔 연달아 다른 집도 모래에 묻혀요…

그걸 왜 말하는 건데!

나더러 평생, 쏟아진 모래를 퍼내는 삶을 살라는 거야?

이 집과 부락이 모래에 파묻히지 않도록?

보다시피 가난한 마을이어서요…

일손이 부족하거든요. 이렇게 여자 혼자 사는 집은 특히…

말도 안 돼.

문명 사회잖아.
버젓이 주민등록이 된
사회인을 멋대로
이런 곳에 가둔다고?

그런 게
가능할 리가
없잖아…

아, 아…

아아아…!

예, 이런 이야기입니다.

졸지에 구덩이에 갇혀, 모래를 퍼내고…
그 대가로 마을 조합에서 내려주는 생필품만 받아 살게 된 남자.

그런 남자에게 헌신적이지만,

따지고 보면 마을과 한통속인 의뭉스러운 여자.

이런 부조리한 상황이 곧 《모래의 여자》의 배경입니다.

사실 이 책의 내용은
꽤 단조롭습니다.

두께 또한 두 시간 정도면
다 읽을 수 있을 만큼
얇습니다.

약
240페이지

하지만 상당히 기묘하고
특징이 뚜렷하죠.

저 또한 예전에 누군가
이 책의 독후감을 쓴 걸
보고…

오

독특한 매력에 놀란 나머지
바로 도서관으로 달려갔었습니다.

책을 사지 않고
도서관으로
간 이유는?

내용이 너무 우울하고
기기묘묘하니
제 방에 꽂아 두기는
싫었거든요.

왜 지금은
산 거죠?

제가 그때보다
어두운 인간이
되었기 때문이죠.

어쨌든 그런 이유로, 특징을 찬찬히 깊게 다뤄보겠습니다.

안약이랑 물 충분히 준비하셨나요?

그럼 스타트!

특징 1.
수동적인 듯 의지적인 히로인

제목처럼 이 책의 중심인물은 구덩이 속 여자입니다. 남자와 함께 양대 주인공이라 할 수 있죠.

심리묘사는 남자 쪽 위주이지만 시선은 여자를 향해 있거든요.

남자가 여자와 함께 사는 것, 한 집에서 여자를 관찰하고 가까워지는 것이 중심 내용입니다.

남자는 여자를 다소 원망하면서도 의구심을 품는데요…

이건 독자도 마찬가지입니다.

왜 젊은 여자가 이런 부락에서 순순히 모래를 퍼가며 살고, 남자까지 끌어들인 거지?

이 점에 대해선 단편적으로나마 답이 나옵니다.

예전에는 애를 안고 계속 걸었어요.

걷고 또 걸어서 마침내 이 마을에 들어왔죠…

아이와 남편은 모래에 묻혀 죽고 말았지만, 저는 차마 이 마을을 떠날 수가 없어요.

이게 완전히 합리적인 설명은 되지 못하지만,

그래도 도시로 가고 싶지 않아?

도시로 간다 해서 집과 일자리가 구해진단 보장은 없으니까…?

어쨌든 여자가 가정과 정착을 중요시한다는 걸 알 수 있습니다.

남자를 끌어들인 것 또한 힘 좋은 노동력을 얻기 위함+ 새 남편을 얻기 위함이었죠.

그래선지 성격은 지극히 얌전합니다. 가부장적인 옛 여성을 그대로 형상화한 것처럼 주인공을 보살핍니다.

밥도 잘해주고 빨래도 잘해주고 목욕도 잘 시켜주고 밥 먹는 동안 우산으로 모래도 받쳐줍니다. 주인공이 암만 땡깡을 부려도 조용하며 상냥하게 대합니다.

…

근데 솔직히 얘 때문에
여기 갇힌 건데
이 정도는 해줘야
하는 거 아닐까요?

이 수동적인 상냥함은
기이하고 독특한
캐릭터성을 형성하죠.

구시대적인 캐릭터도
충분히 매력적이라는 게
이 여자로 증명됩니다.

보통
수동적인 캐릭터는
답답하거나
몰개성하다고 하죠?

제 생각에 그건
어중간하게 수동적이어서
그렇습니다.
아예 수동의 극단을
달리면 그거 자체로
개성이고 매력입니다.

그래도 주인공은 시종일관
구덩이 밖으로 탈출할 기회를
노리기에, 여자에게 스킨십
같은 건 하지 않습니다.

내가 관계 가지면
그걸 빌미로
꿰이는 거 아니냐?
암만 유혹해도
어림없어.

중반부까지는 말이죠.
사실 구덩이 아래서
남녀 단둘이 몇 달을
사는데 아무 일도
안 생길 수는 없습니다.

게다가 여자가
은근히 눈치를 줌

이 둘이 관계를
가지는 씬은 흡사
예술 영화를 보는
것처럼 분위기 있고
카타르시스를 불러
일으킵니다.

도시 여자들은
저보다 예쁘겠죠?

아 느낌이 온다!
싶을 때 분위기 있는
BGM을 틀어주세요!

하다하다
텍스트 속 러브신에
분위기 맞추고 있어…

이렇듯 순종적이기만
할 것 같은 여자지만,
격하게 반응할 때가
있습니다.

뭐 하는 거야!

당신, 어떻게
된 거 아냐?!

바로, 남자가 집을 훼손하려 할 때.
남들 앞에서 수치스러운 짓을
할 뻔할 때.

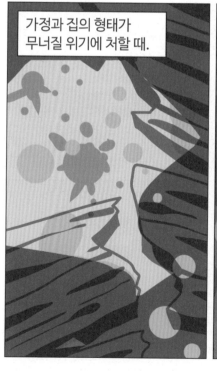

가정과 집의 형태가
무너질 위기에 처할 때.

그 이유는 가정과
보금자리, 공동체가
여자에게 있어 무엇보다
중요하기 때문입니다.
결코 포기할 수 없는
덕목이 있고 그것을
지키려 하는 거죠.

모래를 퍼내서,
무너지지 않게
지켜야 하는
우리 집, 우리 가족,
우리 마을…

그리고 자신의 삶.

여자는 이미 가족을 잃은 적이 있지만 결코 삶을 포기하지 않습니다. 끝없이 모래를 퍼내고 집안일을 합니다.

조용히 무언가를 죽이는 모래. 여기에 조용히 맞서는 여자는,

언제나 삶의 의지로 가득 차 있는 것입니다.

유일한 가족이 된 남자도 챙기고, 남는 시간에는 부업을 합니다.

근데 아까부터 왜 '여자'라고만 부르시죠?

이름이 안 나오거든요!

참고로 남자 이름도 거의 안 나옵니다.

실종 정보에 한두 번 나오는데 별 의미는 없…

**특징 2.
고된 노동, 목마름의 묘사**

두 번째 특징입니다. 한 번이라도 읽으신 분들은 절대 잊지 못할 특징이죠.

이 책에서 남녀는 끊임없이 노동합니다.

매일매일 구덩이 아래로 밀려드는
모래를 퍼올리고, 또 퍼올리는 삶.

이미 반쯤 썩어가는 집이
모래에 묻히지 않도록
연명시키는 삶.

고달픔 그 자체입니다.

그렇다고 매일 깨끗이
씻을 수 있는 것도 아닙니다.
차가운 물을 마음껏 쓸 수
있는 것도 아닙니다.

퍼올린 모래를
마을에서 갖다 팔고
그 대가로 적당한
생필품만 내려주거든요.

술을 왜 줬지?

남자 일꾼이
있는 집엔
주기적으로 줘요.

그리고 아베 코보는
이 묘사를! 정말이지!
지나치게 잘했습니다.

읽는 내내 푸슬거리고
찐득한 모래가
몸에 달라붙는 것
같습니다.

주인공 남녀가 목욕할 때면
읽는 사람이 다 개운해지고,

너무 열심히
씻겨주는데?

많이
외로웠나…?

물을 마시면 읽는 사람 역시
갈증이 해소되는 기분이죠.

모래에 대한 통찰이 집착적이듯
모래로 인해 생기는 고난 묘사도
집착적입니다.

주의할 점은
이로 인해 남자가
모래에 대해 갖는
인상도 변화한다는
점입니다.

끝없이
어딘가로 흐르는
자유로운
모래 알갱이…

구덩이 아래를 끝없이 채우는 모래. 벽을 썩게 하는 모래. 삶의 안락함을 앗아가는 모래.

그리고 그 모래와 한 몸이 되다시피 해 삶을 이어가는

이 여자.

위로 올라가서 좀 다른 데를 걷고 싶진 않아?

이미 많이 걸었어서요…

그래서 이 책 제목은 모래의 여자이고, 내용은 모래 속 목마른 삶입니다.

특징 3.
비현실과 현실의 교차

이건 아베 코보 소설의 특징이기도 한데요.

서술이 굉장히 몽롱하고 사색적입니다. 어쩌면 아무말 대잔치예요.

주인공 남자는 여자와 함께 있으면서도, 급박하게 탈출을 도모하면서도,

시시때때로 과거를 회상합니다. 단순히 일상 속 대화를 회상하기도 하고 자신의 고찰을 되새기기도 합니다.

이 과정에서 문장은 기이하게 늘어지고 말줄임표가 자주 쓰입니다. 때로는 대사까지도 그 주절거림 속에 녹아듭니다.

언제 폭발할지 모르는 폭탄을 껴안고 있는 주제에, 그 소리가 자명종 시계의 울림만큼도 신경 쓰이지 않는다……

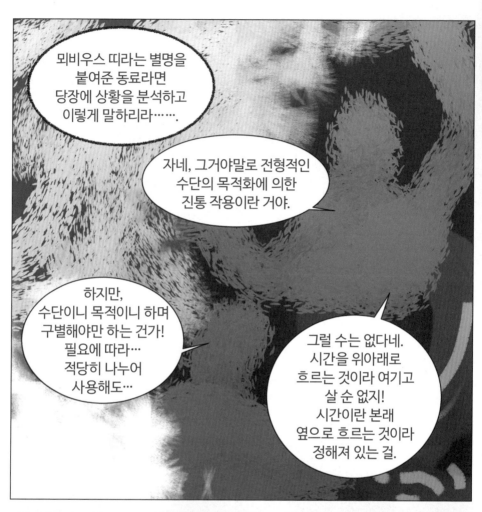

뫼비우스 띠라는 별명을
붙여준 동료라면
당장에 상황을 분석하고
이렇게 말하리라……

자네, 그거야말로 전형적인
수단의 목적화에 의한
진통 작용이란 거야.

하지만,
수단이니 목적이니 하며
구별해야만 하는 건가!
필요에 따라…
적당히 나누어
사용해도…

그럴 수는 없다네.
시간을 위아래로
흐르는 것이라 여기고
살 순 없지!
시간이란 본래
옆으로 흐르는 것이라
정해져 있는 걸.

그걸 세로로 놓고
생활하면?

당연히 미라가
되겠지!

구멍 위의 풍경은 아름답지만 구멍에서의 생활과 이 풍경을 대립시켜 생각해야 할 이유는 어디에도 없다.

아름다운 풍경이 인간에게 관대해야 할 필요 따윈 세상 어디에도 없으니…

결국 이 아름다움은 죽음의 영토에 속하는 것이다.

모래가 정착의 거부를 상징한다는 내 생각이 그리 틀린 것만은 아니었다.

유동하는 모래알… 상태가 그대로 존재가 되는, 죽음으로 통하는 물질…

이게 되게 매력적인 서술이에요.

자칫하면 그냥 구덩이 탈출기가 될 법한 내용도 이 서술 덕에 지성이 녹아들어 신비로워집니다.

서술 속에서는 현재와 과거가 교차됩니다. 일반적인 사회인의 삶과 구덩이 속 삶이 교차된다는 건 곧 현실과 비현실이 교차된다는 뜻이죠.

비현실이라 해도 될 정도로 이 부락민들의 삶은 기이하니까요.

왜 어떤 집들에는 사다리가 내려가 있는 거지? 왜 그 사람들은 자유롭게 나갈 수 있는 거야?

이 마을에서 여러 대를 살아온 사람만의 특권이에요.

하지만 지금은 그 부락민의 삶이 현실이 되었고…

왜 모두가 모래를 퍼내면서 살아야 하는 거야? 공사를 하면 이러지 않아도 되잖아!

이 삶에는 소름끼칠 정도로 현실적인 부분이 많습니다.

계산을 해봤더니 이 편이 더 싸게 먹히는 모양이에요…

허!

아니, 어쩌면…

처음부터 남자는 사회와 인생이라는 구덩이 속에 있었는지 모릅니다.

특징 4.
해방이란 없다

과연 남자는 이 이상한 환경에서 탈출할 수 있을까요? 아내가 기다리는 도시로 돌아갈 수 있을까요?

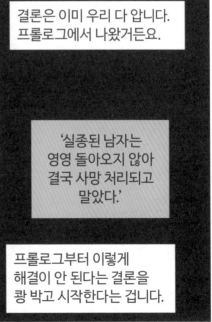

결론은 이미 우리 다 압니다. 프롤로그에서 나왔거든요.

'실종된 남자는 영영 돌아오지 않아 결국 사망 처리되고 말았다.'

프롤로그부터 이렇게 해결이 안 된다는 결론을 쾅 박고 시작한다는 겁니다.

45

이걸 좋게 말하면,
독자에게 마음의 준비를
시켜주는 것이고,

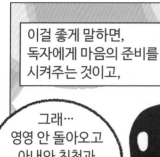

그래…
영영 안 돌아오고
아내와 친척과
친구들은 졸지에
생이별을 했구나…

나쁘게 말하면,
일말의 희망조차 없애고
시작하는 거예요.

으아아
왜 못 돌아와!!

재난영화로 비유하자면요.
주인공들이 지하에 갇혔는데
모든 통로가 용접되어버려서
절대로 밖에 못 나갈 거라고
보여주며 시작하는 겁니다.

호불호가 갈릴 수밖에요.

이 점 때문에 독자는
남자가 탈출을 위해
있는 대로 머리를 굴리고
몸으로 부딪치는 걸 보며
씁쓸함을 느낍니다.

이미 결과를 알고
있으니까요.

게다가 이 작품은 다른 방향에서도 해결을 막습니다.

애초부터 인생이란 매일 반복되는 고루한 노동에 갇혀 있다는 메시지로요.

모래 구덩이 속 삶과 평범한 사회에서의 삶이 본질적으로는 다를 바 없다는 것으로요.

솔직히 이 책 처음 읽었을 땐 제가 아직 사회인이 아니어서, 몸으로 와닿진 않았는데요…

주간연재하는 만화가가 되니 주인공 남녀에게 굉장히 감정이입이 되더랍니다.

오늘도 18컷 그려야겠다.

내일도 18컷 그리고, 모레는 새로운 편 콘티를 써야지.

그 다음엔 또 18컷 그려야지…

여담이지만 남자는 160cm도 안 되는 키라는 거! 처음 봤을 때 꽤나 당황했습니다.

만화에는 저 프로필 감안해 왜소하게 그리려 노력했습니다. 티가 났나요?

전 찬밥 더운밥 가릴 처지가 아니니 키는 상관 안 하고요. 그냥 남자면 만족해요.

그렇군요! **알겠습니다!**

이렇게 떠드는 사이 삼태기 올 때가 다 돼서요.

저는 모래 좀 마저 퍼내러 가겠습니다!

《모래의 여자》리뷰- 끝

모래의 여자

The Woman in the Dunes

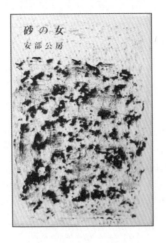

1962년 초판 커버

아베 고보(Kōbō Abe), 240페이지

곤충학자가 사막 마을에 고립된다.
이 남자는 매일 같이 모래를 퍼내야만 하는 반복적인 삶을 사는
한 여성을 만나게 되어, 함께 모래 구덩이에 갇혀 탈출을 시도한다.

인간 존재의 부조리와 자유의 본질을 심도 있게 탐구한 작품으로, 현대 일본 문학의 걸작으로 평가받는다. 1962년 제14회 요미우리 문학상 수상으로 작가의 입지를 다졌으며, 전 세계 여러 언어로 번역되는 부조리와 실존주의 문학의 걸작으로 평가받고 있다.

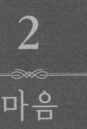

2

마음

내가 이 나무 앞에 서서
다시 이 집 현관에 들어설 올가을을 생각할 때
지금까지 격자문 사이로 비치던 현관의 전등이 문득 꺼졌다.

나쓰메 소세키 저, 송태욱 역
현암사(2016), 100p

자네는 앞으로
어떻게 할 작정인가?

그걸 잘
모르겠습니다.

선생님은요?

그 호칭은
연장자를 대할 때의
내 말버릇이었다.

해변에서 선생님을
처음 만나고 나는
그와 가까이 지내기
시작했다.

선생님을 신뢰해도 되겠습니까?

어째서죠?

예전에 그 사람 앞에서
무릎을 꿇었다는 기억이
이번에는 그 사람 머리 위에
발을 올리게 하는 거라네.

가족은
사모님뿐이시죠?

그렇지.

천벌을
받았으니
아이는 안
생길 테지.

선생님은 일하지 않으시는군요.

세상을 등졌기 때문이라네.

선생님은,

과거에 있던 일 때문에 이처럼 변해버리신 건가요?

나쓰메 소세키는
일본 지폐에도 들어간
저명한 작가입니다.

도쿄제국대학을 나온데다
영국에 유학도 하고
영문학 교수까지 지낸
인텔리이죠.

기만자
그 자체

내 소설 내용에도
자전적인 부분이 많아.
그래서 도쿄대 출신이
은근 자주 등장하지.

살아생전부터 작가로 성공한
인물이기도 합니다.

19세기 중후반에 태어나 20세기
초반까지 살아간 만큼, 소세키의
작품을 보면 일본의 근대사를
엿볼 수 있습니다.

1905년 일본

《나는
고양이로소이다》
읽었어?

재밌지?

《나는 고양이로소이다》,
《마음》, 《도련님》, 《산시로》
등 대표작도 많죠.

최근에는 현암사에서
예쁜 전집을 내줘서
훨씬 접하기 쉬워졌습니다.

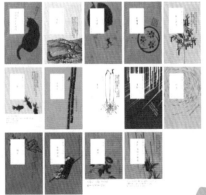

아마 고전 일본문학 작가 중 일반인들 틈에서 가장 인지도가 높지 않을까요?

솔직히 작가 이름으로는 소세키만큼 알려진 사람이 없을 겁니다.

그 중 제가 가장 먼저 접한 소세키 작품은-

《마음》이었습니다.

전부터 얘기를 자주 들은 작품이라 흥미는 있었습니다.

날밤을 샌 어느날 펼쳐들고 읽기 시작했죠.

재밌나요?

더 읽어봐야 알겠는데

하루만에 다 봤습니다.

재밌나요?

더 읽어봐야 알겠는데

나중에 강조하겠지만요. 소세키 작품의 최대 장점은 바로 이 흡인력과 가독성입니다.

등장인물과 구도 역시 깔끔하기 그지없죠.

《마음》의 인물구도는 다음과 같습니다.

프롤로그에 간단히 요약했다시피, 주인공은 서술자 '나'와, 그 서술자가 선생님이라 부르는 어떤 남자입니다.

아버지 ㅡ 어머니
형 ㅡ 나
선생님 ㅡ 사모님

1부는 '나'와 선생님이 만나서 친교를 나누는 내용입니다.

젊고 미래에 대한 큰 고민 없는 서술자. 유약하고 인간에 대한 환멸로 가득한 선생님이 상당히 대비되죠.

2부는 '나'의 아버지가 위독하여 본가를 방문하는 내용이고,

3부는 본가에서 '나'가 받게 되는 선생님의 유서 내용입니다.

그렇습니다.
이 작품 속 선생님은 스스로를 환멸한 끝에 유서를 남기고 자살합니다.

다소 단조롭고도 깔끔한 스토리는 하나같이 선생님 주변을 떠나지 않습니다.

그리고 대학생인 서술자는 왠지 모르게 선생님에게 끌립니다.

정말 끌립니다.
어찌나 끌렸는지
아버지의 임종을
앞두고도 선생님
생각을 합니다.

솔직히 조금만
시선 달리하면
BL물 보는
기분이에요.

아아
선생님

?

얘네
왜이리 끈적해

물론 선생님은 결국 삶을
포기하는 관계로, 이 이야기는
'나'와 선생님의 짧은 인연을
말하는 내용이며…

나아가 선생님의
환멸 어린 과거를
말하는 내용입니다.

이걸 알고서!

이제 특징을
들여다봅시다.

특징 1.
시대를 초월한 서사

비록 이 작품은
100년도 더 전에
만들어졌지만
지금도 충분히
공감 가능한
내용입니다.

시대를 초월해
보편적인 감정을
그리기 때문이죠.
사람 간의 신뢰나
배신, 사랑,
질투 같은 거요.

물론 그 시대 일본이라
볼 수 있는 여러 가지
특수성도 있지만요.

순사

메이지

노기 장군

러일 전쟁

근본적으로 이건 제목처럼
마음에 대한 이야기입니다.
선생님의 마음, 서술자의
마음, 사모님의 마음, 나아가
그걸 관찰하는 독자의
마음을 들여다볼 수 있죠.

만약 《마음》이 보편적인
이야기를 담고 있지
않았다면 오늘날까지
인기가 이어지지
못했을 겁니다.

참고로 이 책에는
마음이라는 단어가
거의 안 나와요ㅎ

심심하면 찾아보실?

특징 2.
깔끔한 문장력

이건 일본어 원문을 보면
더 잘 느낄 수 있겠지만,
번역본만으로도 문장이
굉장히 깔끔하고
트렌디하다는 걸
알 수 있습니다.

더 뒷세대인
아쿠타가와 같은
작가들과
비교해도 그래요.

긴 말은 필요
없습니다.
사례를 봅시다.

선생님에게 가까이 다가가면서도
가까이 다가갈 수 없는 나는
선생님의 머릿속에 있는
생명의 단편으로서 그 무덤을
내 머릿속에도 받아들였다.

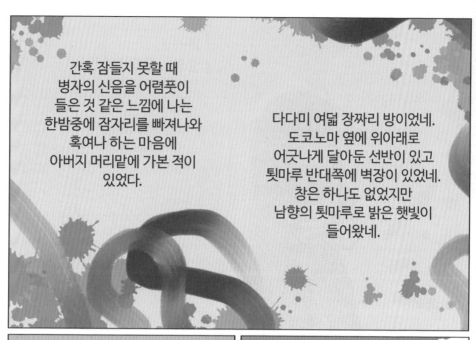

간혹 잠들지 못할 때
병자의 신음을 어렴풋이
들은 것 같은 느낌에 나는
한밤중에 잠자리를 빠져나와
혹여나 하는 마음에
아버지 머리맡에 가본 적이
있었다.

다다미 여덟 장짜리 방이었네.
도코노마 옆에 위아래로
어긋나게 달아둔 선반이 있고
툇마루 반대쪽에 벽장이 있었네.
창은 하나도 없었지만
남향의 툇마루로 밝은 햇빛이
들어왔네.

보시다시피 화려한 표현은
거의 없습니다. 한두 문장으로
사람 훅 가게 하는 임팩트 있는
필력은 아니에요.

지금 읽는 책
문장은 좋아?
한두 개만
발췌해줘.

이건
그렇게 보면
별 감흥이
없을 텐데…

하지만 엄청나게 깔끔하고
정갈하며 차분하죠.
가독성 역시 압도적입니다.

소세키의 글은,

전체를 읽을 때
비로소 빛이
나니까!

그 독서 초보가 자극적인 전개에 많이 찌들었다면?

그럼 저랑 같이 긴다이치 코스케 시리즈나 읽죠.

바로 이 점 때문에 소세키 작품은 특별히 파란만장한 스토리가 없더라도 물 흐르듯이 술술 읽을 수 있습니다.

만약 독서 초보가 책을 추천해달라고 하면 저는 주저없이 《마음》을 추천할 겁니다.

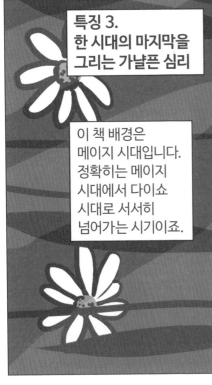

특징 3.
한 시대의 마지막을
그리는 가냘픈 심리

이 책 배경은 메이지 시대입니다. 정확히는 메이지 시대에서 다이쇼 시대로 서서히 넘어가는 시기이죠.

메이지 시대는 메이지 유신을 통해 일본이 근대화에 성공한 시기입니다. 소세키가 인생 전반을 살아간 시기이기도 합니다.

1868 ~ 1912

이 시기 동양이 흔히 그랬듯,
전통적 가치는 나날이 스러져가고
서구 문명이 물밀듯이 들어온 시대죠.

역사를 보면 일본이 주변국에 비해
잘 풀리긴 했는데-

그것과 별개로 소세키는,
옛 시대가 빠르게 저물어가고
새로운 시대가 들이닥치는
것에 대해 심하게 갈등했던
것 같습니다.

실제로 그의 작품에선
보수적 덕망에 대한 소중함,
급변하는 사회적 가치에
대한 안타까움이 보입니다.

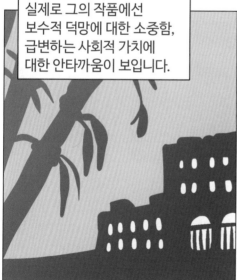

...

소세키가
2차 대전 끝날 때까지
살아 있었으면 대체
어떤 작품을 썼을까요?

아무튼 《마음》에서도 그런 성향이 드러납니다. 메이지 천황이 사망하자 선생님도, 주인공의 부친도 큰 충격을 받습니다.

오오 맙소사, 천자님이…

이걸로 메이지 정신도 끝났다!

그리고 메이지 시대의 소산인 둘은 모두 죽음을 맞습니다.

다음 시대는 새로운 세대, 즉 서술자에게 맡긴다는 듯이요.

선생님은 아예 순사라는 표현을 씁니다. 천황을 따라 자결하며 메이지 정신의 마지막을 따라간다는 거죠.

첫 번째 특징이랑 좀 모순되죠? 《마음》이 보편적인 내용이라지만 이렇듯 전근대적인 면도 있습니다.

이것 외에도 시대상을 보여주는 부분이 좀 있어요. 배운 거 없이 시골에서만 산 부모님과 대학생 자식이 대화가 잘 안 통한다든지,

여자에게 직접 청혼하지 않고 그 부모를 통해 한다든지, 고난과 신념을 지극히 중요시한다든지…

근데 저 정도 외에는 뭐, 현대에도 웬만큼 통하는 내용이라 생각합니다.

만약 읽으면서 위화감을 느끼셨다면 그건 시대상 때문이기보다는 일본과의 문화적 차이 때문일 거예요.

이쪽 감성이 상당히 가냘프고 섬세하거든요. 그대로 특징 4로 넘어갑니다.

특징 4.
너무 대단한 뒷사정을 기대하면 금물!

읽으면서 저만 궁금했나요?

선생님은,

대체 왜 이렇게 된 걸까요?

젊었을 땐 평범했다는 사람이 왜 인간에게 이렇게까지 환멸을 느끼고 자기 자신마저 싫어 하게 된 걸까요?

왜 일도 안 하고 혼자만의 생활에 틀어박혔을까요?

남편이 왜 이렇게 변한 건지 저는 도무지 모르겠어요.

몇 번이나 말해달라고 했지만 시치미를 뗄 뿐이에요.

선생님은 왜 지금처럼 되신 걸까?

애초에 소세키가 이걸 궁금해하라고 유도했습니다.

나는 과거에 어떤 일이 있었다네…

그래서 전 너무 궁금했습니다.

무슨 일이 있었던 걸까?

진짜 엄청 궁금했습니다.

분명 스릴러 뺨치는 스펙타클한 과거가 있을 거야 진상을 모르면 잠도 안 올 거야

이렇게 칭송받는 작품이라면 분명 어느 작품에서도 보기 힘든 드라마틱하며 뒤통수를 후려치는 과거일 게 분명해

아 정말 상상만으로 흥분된다 대체 얼마나 굉장한 꿀잼서사가 날 기다릴까?

저 같은 기대를 하실까봐 미리 말씀드립니다. 선생님의 과거는 그렇게 드라마틱한 게 아닙니다.

물론 현실의 사람이 겪었다면
힘들 일이긴 한데요.
문학작품을 보는 독자로서
흥분될 만한 그런 건 아닙니다.

게다가
개인적으로는…

현실에서 겪었다 해도
이렇게까지 힘들
일인가 싶어요.
그 사정 하나 때문에
평생을 괴로워하다
자살까지 한다는 건
굉장히 가냘픈
정서라 봅니다.

어쨌든 소세키는 포켓몬으로 치면
물타입 작가입니다.

막 자극적이고 뒤통수 후려치는
서사를 쓰지 않습니다.
알고 가시라고요.

불 같은 작가는
많지만
물 같은 작가는
흔치 않아!

그래도 명작은 명작입니다.
선생님이 느끼는 환멸의
근원은 인간에 대한 불신이죠.

때문에 선생님의 과거 경험은
크게 둘로 나뉩니다.

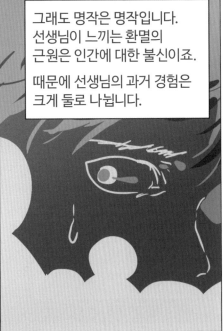

타인에 대한
불신의 계기.

그리고
자기 자신에
대한 불신의
계기입니다.

이로 인한 트라우마는
선생님의 인생을 갉아먹고
말았습니다.

그래서 이건 인간의
가냘픈 마음, 가냘프게
엎치락뒤치락하는
마음에 대한 이야기입니다.

특징 5.
사실 부조리 투성이?

앞서 말씀드렸듯
이 작품 주제는
부조리입니다.

차분하고 건전하지만
근본은 부조리에
대한 이야기예요.
이건 소세키의
작품 전반이 다
해당됩니다만…

그 후

우미인초

가만히 보면 주제뿐 아니라 서술자의 태도, 선생님의 태도 또한 부조리 투성이입니다.

일단 선생님은, 반려자인 아내에게 평생 자신의 비밀을 알려주지 않았습니다. 게다가 마지막엔 결국 과부로 만들었죠.

아내는 부조리한 과거를 모르는 순백의 상태로 남겨두고 싶다네.

라고 변명하지만! 비판을 피할 수는 없습니다.

게다가 삶의 자세도 게을렀습니다. 일도 안 하고 평생 권태롭게 백수로 살았으니까요.

아 내 재산 내가 써서 산다는데 뭐 상관이야

엄밀히 따지면 그렇죠. 하지만!

아-

서술자가 이런 선생님에게, 시골에서 평생 일만 하며 산 자기 부모님보다 더 애착을 가지는 건 문제가 있습니다.

73

나는 지금 막 대학을 졸업했고

아버지 임종을 앞뒀고

하루빨리 취직해서 어머니를 부양할 처지에 놓여 있지만

선생님이 더 보고 싶다.

빨리 도쿄로 돌아가서 선생님 보고 싶다. 부모님이랑 있는 건 솔직히 불편하기만 해…

초독 때는 선생님 뒷사정만 신경쓰느라 여기까진 생각 못했지만 재독할 때 느꼈습니다.

서술자가 철이 없어도 너무 없다고요.

배운 거 없이 평생 농사일만 하며 아들은 도쿄에 대학까지 보내준 부모님

vs

젊을 적 트라우마 하나 때문에 평생 백수로 살다가 이승탈출한 선생님

둘 중에 누가 더 조리 있고 근면한 인생을 살았는지는 뻔하지 않습니까?

철없는 서술자는 좀 더 나이들면 비로소 부모님 마음 이해할 날이 올 겁니다.

뭐 이런 감상도
있을 수 있다, 하고
말씀드린 겁니다.

애초에 사람 마음이
주제인 소설이니
이런저런 시선이
나올 수 있죠.

흐음…

좋은 내용인 건 알겠지만,
소세키는 아무래도
사람 심리에 집중하는
좀 차분하고 우울한
소설만 썼나 보네요…

그렇게
생각할까봐!

《도련님》도 같이
추천드립니다!

같은 작가가 썼다고
믿을 수 없을 만큼
유쾌한 이야기예요.

정말인가…?

《마음》 리뷰- 끝

마음

Kokoro

1914년 초판 커버

나쓰메 소세키(Natsume Sōseki), 300페이지

주인공 '나'는 도쿄에서 우연히
'선생님'이라는 인물을 만나 그의 삶에 매료된다.
'나'는 선생님과 서신을 주고받고,
선생님의 과거와 깊은 내면의 고통을 듣게 된다.

메이지 시대 말기의 개인주의, 인간관계의 고독과 도덕적 책임을 묘사한 작품으로, 일본 근대 문학의 대표작으로 손꼽힌다. 나쓰메 소세키 후기 문학의 정점으로 평가되며, 심리 묘사와 서사 구조의 탁월함으로 일본 독자들의 오랜 사랑을 받아왔다. 1914년 발표 이후 지금까지도 학교 교육과 대중문화에 지속적으로 영향을 미치고 있다.

3

이상한 나라의 앨리스

제가 말씀드릴 수 있는 건,
저라면 기분이 아주 이상할 거라는 거예요.

루이스 캐럴 저, 이순영 역
문예출판사(2022), 82p

너는 누구인고?

저도 제가 누군지 잘 모르겠어요. 오늘 하루 너무 많은 게 바뀌었거든요.

어떨 땐 너무 커져서 이 이상 자라나면 안 될 것 같기도 했어요. 저는 분명 작은 여자아이인데 말이에요.

어떨 땐 너무 줄어들어서 8센티미터밖에 안 되기도 했어요. 이러다가 양초처럼 녹아 사라질 것 같았어요.

세상이 원래 어땠는지 잘 모르겠어요. 오늘 하루 너무 많은 게 바뀌었거든요.

그런데, 이 모든 게-

너무 재미있었어요.

Alice in Wonderland
앞뒤도 위아래도 맞지 않는 모험
-《이상한 나라의 앨리스》 리뷰-

이성을 완전히 놓는다는 건 생각보다 어려운 거예요. 우리는 사회 속에서 학습해 살아가니까요.

으음…

…아니, 아니!

있잖아요! 이성과 논리를 완전히 놓아버릴 때가!

언제?

자면서 꾸는 꿈!

우리가 통제할 수 없이 무의식으로 흐르는 꿈을 상상해보세요!

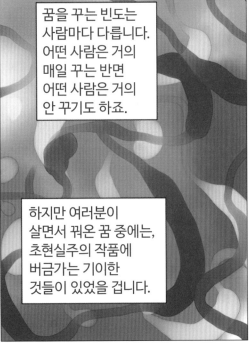

꿈을 꾸는 빈도는 사람마다 다릅니다. 어떤 사람은 거의 매일 꾸는 반면 어떤 사람은 거의 안 꾸기도 하죠.

하지만 여러분이 살면서 꿔온 꿈 중에는, 초현실주의 작품에 버금가는 기이한 것들이 있었을 겁니다.

안개처럼 흐드러진 배경,
앞뒤가 안 맞는 대화,
끝없이 이어지는 생경한
길 등은 예고 없이
누군가를 덮쳐옵니다.
그 속에서 이성은
해체됩니다.

그 모든 것들이
잠에서 깨어나면
거품처럼 사라지죠.
때로는 기억마저
사라집니다.

꿈을 꾸는 빈도는
사람마다 다릅니다.
어떤 사람은 거의
매일 꾸는 반면
어떤 사람은 거의
안 꾸기도 하죠.

성인이 꾸는 꿈도 그런데,
상상력이 자유로운
어린아이의 꿈이라면
어떨까요?

바로 그런 혼란스러운 모험을
창작해낸 작가가 있습니다.
바로 루이스 캐럴입니다.
본명은 찰스 럿위지 도지슨이죠.

Lewis
Carroll
1832~1898

본래 수학자였던 도지슨은, 사랑하는 소녀 앨리스 리들과 그 자매들을 위해 이야기를 썼습니다.

비록 원본은 동화지만 연령대를 가리지 않고 인기 있는 작품이죠.

그 작품은 오늘날 디즈니 애니메이션으로 훨씬 더 유명해졌습니다. 바로 《이상한 나라의 앨리스》입니다.

Alice in Wonderland

사랑해요? 10살도 안 된 애를요?

그냥 순수하게 좋아했다는 건가요?

소아성애자 논란이 있던데요?

몰라요 저도!! 이게 《롤리타》 같은 작품도 아니니 일단 넘어갑시다!

제목에서 보시다시피 이것은 앨리스라는 소녀가 주도하는 이야기입니다.

초반부에 앨리스는 언니와 함께 강둑에 앉아 있습니다.

언니는 독서 중이지만 앨리스는 책에 흥미를 느끼지 못하죠.

그림도 대화도 없는 책이 뭐가 재밌을까?

왜? 그림 없어도 재밌구만.

근데 대화는… 그래 대화 없으면 재미없지 인정

고전 리뷰어가 납득해버리면 어쩌자는 거죠

그러다가 우연히, 조끼를 입고 뛰어가며 시계까지 보는 흰토끼를 봅니다.

이 슈퍼토끼에 굉장한 흥미를 느낀 앨리스는 그 길로 토끼를 따라갑니다.

흰토끼는 굴로 들어가는데, 굴에 따라 들어간 앨리스는…

떨어지고

떨어지고

또 떨어져서

상식이 전혀
안 통하는
이상한 나라로
가게 됩니다.

그 안에서 이상한 주민들을
잔뜩 만나고 헤매는 것이
소설의 메인 줄거리죠.

날 마셔요

이 이상 자세한 내용과
트리비아는 아래에서
말씀드리겠습니다.

워낙 특이한 소설이라
리뷰 역시 포괄적으로,
흘러가는 대로
하게 될 것 같네요.

그래서 앨리스의 모험처럼
다소 앞뒤가 안 맞고
정신없을지도 모릅니다.

보통은 리뷰할 때 줄거리와 함께 '특징'을 말하지만, 이번 리뷰에서는 특징이 아니라 '담론'을 말하겠습니다.

가볼까요?

하지만 이 리뷰 역시 작은 모험이라 생각하고, 따라와주셨으면 합니다.

꿈속에서는 그렇게 해도 손해 보지 않으니까요. 앨리스가 그랬듯이요.

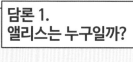

담론 1.
앨리스는 누구일까?

앞서 얘기했듯 디즈니는 《이상한 나라의 앨리스》를 애니메이션화했습니다. 70년도 더 이전에 말이죠.

1951년에 나온 이 애니가 너무나 유명해져서 오늘날 앨리스는 금발에 푸른 눈, 파란 원피스에 흰 앞치마를 입은 모습으로 굳어졌습니다.

하지만 사실 원작에서는 딱히 앨리스의 외모를 묘사하는 말이 없어요.

그래도 이 리뷰에선 디즈니 버전처럼 그리겠습니다. 이왕이면 예쁜 게 좋잖아요?

원작의 앨리스는 7살짜리 영국 소녀입니다. 그림이 많은 책을 좋아하고 호기심, 상상력이 풍부합니다. 나이를 감안해도 좀 심하게 풍부합니다.

그리고 그만큼 산만해서 혼자서도 쉴 새 없이 말하죠. 토끼굴에서 계속 떨어지는 와중에도 공중에서

이렇게 계속 떨어지면 지구 반대편으로 나갈 거야! 근데 위도랑 경도가 뭘까?

아! 이럴 때 우리 고양이 다이나가 같이 있으면 좋았을걸! 내가 없으면 누가 다이나의 우유를 챙겨주지?

여기는 다이나가 먹을 쥐는 없지만 동굴이니까 박쥐를 먹을 수 있을 거야. 근데 고양이가 박쥐를 먹나?

고양이가 박쥐를 먹나? 박쥐가 고양이를 먹나?

진짜 그냥 별 말을 다 합니다.
그렇다고 단순히 산만하기만 한 아이는 아닙니다.

앨리스의 행동을 보면 19세기 영국의 아동 교육에 대해 실마리를 얻을 수 있습니다.

O Mouse!

앨리스는 쥐와 대화할 때 오빠의 라틴어 문법책에서 본 말들을 흉내내 말하고,

시 암송을 요청받자 그 자리에서 줄줄줄 말하기도 합니다. 거의 다 틀린 것 같지만 어쨌든 외우긴 합니다.

아까도 말했듯 신부님은 늙었어요. 그리고 굉장히 뚱뚱해지셨고요.

그런데도 문가에서 공중제비를 도시네요. 대체 왜 그러시는 건가요?

학교에서 배운 내용이 나오면
아는 체하려 안달 나기도 하죠.

뭔가 어설프게 알긴 아는데
제대로 아는 건 없는 앨리스의
모습이 이 작품의 잔재미입니다.

배운 건데!

그러면서도 마냥 고집이 세거나
허세부리는 성격은 아닙니다.
앨리스는 기본적으로 굉장히
예의 바르고 상냥한 아이입니다.

게다가 외향적이죠.
상대가 애벌레든 쥐든
카드 병정이든 일단
친절하게 말을 걸 겁니다.

쉴 새 없이 말하는데,
그게 전부 나름의 배려심과
예의가 묻어나는 말이에요.

그 말상대가 딱히 친절하지도
상식적이지도 않기에
앨리스의 착함이 두드러집니다.

…

솔직히 많은 분께서 앨리스의 성격을 엉뚱함, 산만함으로 기억하실 가능성이 큰데요…

이 나이 먹고 원작을 읽으면서 제일 많이 든 생각이 뭔지 아십니까?

앨리스가 진짜 바르게 자란 착한 아이라는 거예요!

네가 싫다면 이 얘기는 하지 않을게.

정말 예쁜 총이었어요!

그건 예의가 아니잖아요!

와 무슨 애가 이렇게 경우가 발라?

말은 왜 이렇게 예쁘게 하지?

진짜 키울 맛 나겠다

이게… 대영제국의 7살 꼬맹이…?

제 생각에 앨리스는 교육의 중요성을 보여주는 표본입니다.

애가 아무리 산만해도 예절교육과 교양교육을 착실히 시키니 벌써부터 숙녀의 모습이 보이잖아요? 정말이지 아동교육에 참고해야 할 책입니다.

그래서 리뷰가 어디까지 산으로 가는 거죠?

아 뭐 어때 책 내용부터 이상한데

제가 이렇게 길게 말씀드린 이유는, 앨리스의 독특한 성격이 곧 작품을 끌어나가는 키 포인트가 되기 때문입니다.

이제…

담론 2.
분석이 의미가 있을까?

이 착한 꼬맹이 앨리스가 간 이상한 나라가 어느 정도로 이상한지 알아봅시다.

이곳에선 동물들이 저마다 틱틱대거나 우쭐대며 자유롭게 대화합니다.

물이나 디저트, 버섯을 먹으면 몸 크기가 자꾸 변합니다. 조약돌을 던지면 그건 케이크로 변합니다.

공작부인의 아기는 땅에 내려놓으니 돼지로 변하고,

애벌레는 물담배를 즐기며 앉아 있습니다.

고장난 시계는 버터를 발라 고칩니다. 심술궂은 여왕이 매일 사형 선고를 내리지만 실제로 죽는 사람은 없습니다.

...
뭐, 굳-이 따지면
일부는 풍자로 볼
여지가 있지만…

세상에 이만큼 내용 분석이
무의미한 책도 없을 겁니다.
그러니까 이건 조금
다른 각도로 보겠습니다.

앞에서 제가 왜
초현실주의를
언급했을까요?

이 모든 모험은
앨리스가 꾸는
꿈입니다.
이야기의 결말은
앨리스가 잠에서
깨어나는 거죠.

꿈속의 모험이기에
이상한 나라는 상식을
완전히 무시하고,
모든 진행이 무작위로
이루어집니다.

앨리스는 모든 이상한
주민과 갑자기 만나고
갑자기 헤어집니다.

이 안에서 어떻게 사회가 유지되느냐, 어떻게 이야기의 복선을 회수하느냐는 의미가 없습니다. 내용 전체가 무작위적이거든요.

이건 거의, 누가 뭘 할지를 뱅뱅이 돌려서 써낸 수준입니다. 모든 것이 뜬금없다고요.

모자 장수가,

답 없는,

수수께끼를 낸다…

갑자기 왜 가짜 거북이 춤을 추고,

왜 공작부인 집에는 후추가 가득할까요?

이런 전개는 초현실주의에서 쓰이는 오토마티즘 (자동기술법)과 흡사합니다.

이성과 윤리에서 최대한 벗어나 사고를 기록하는 것이죠.

한 마디로, 제멋대로 써진 내용입니다. 비록 각각의 재료는 현실에서 따왔을지 몰라도 그 결과는 완전히 미쳐 있습니다.

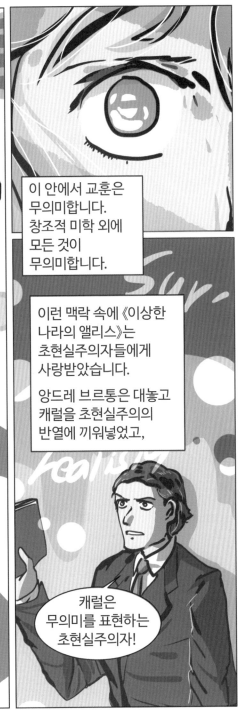

이 안에서 교훈은 무의미합니다. 창조적 미학 외에 모든 것이 무의미합니다.

이런 맥락 속에 《이상한 나라의 앨리스》는 초현실주의자들에게 사랑받았습니다.

앙드레 브르통은 대놓고 캐럴을 초현실주의의 반열에 끼워넣었고,

캐럴은 무의미를 표현하는 초현실주의자!

살바도르 달리는 앨리스의 삽화를 기꺼이 몇 십 개씩 그렸습니다.

각 삽화마다 앨리스를, 줄넘기하는 소녀의 모습으로 그려 넣어볼까?

달리 삽화판이 진짜 멋있긴 하지만 코즈믹 호러 느낌이니 주의해주세요.

이것만 보면 앨리스가 환각제를 진탕 빨고 꿈꾼 것 같습니다.

제가 미술 전공은 아니지만 초현실주의는 따로 도록을 사볼 정도로 좋아해서요. 어쩌다 보니 길게 말했습니다.

어쨌든 요점은! 즐기라는 겁니다. 자잘한 생각은 다 내려놓고요.

그러면 이 책은 분석할 게 딱히 없는 건가요?

아- 내용 면에선 좀 그럴지도 모르지만,

언어유희 면에선 과연 어떨까!

담론 3. 말장난 대잔치는 어떻게 벌어졌는가?

루이스 캐럴은 어린 앨리스 리들과 그 자매들 입장에선 그냥 마음씨 좋은 이웃 아저씨였을지 모릅니다.

그러나 실제로는 말장난에 목숨을 건 진짜 광기였죠.

루…루이스 캐럴이라는 필명부터가 보…본명을 라틴어로 바꾸고 재조합을 한 결과다.

애당초 나…나는 본업이 수학자야. 퍼즐과 수수께끼, 공식에 완전히 심취해 있었다고!

캐럴의 실제 성격은 내성적이었고, 곧잘 말을 더듬었다고 합니다.

그런 만큼, 캐럴의 대표작은 언어유희의 집대성입니다. 《이상한 나라의 앨리스》와 차기작 《거울 나라의 앨리스》가 바로 그것이죠.

Alice's Adventures in Wonderland
+
Through the looking-glass and What Alice Found There

이 두 작품은 앨리스 2부작이라고도 불리며 실로 대단한 가치를 지닙니다.

아동문학의 효시이자 초현실주의 문학의 효시, 동시에 언어적 분석의 대상이기도 한 것입니다.

그런 만큼 리뷰에서도 필히 언어유희 이야기를 해야겠죠.

책 안에 어떤 말장난들이 있는지 알리려면, 사례로 보여드려야 할 텐데…

문제는, 이건 번역본으로 보면 몰라요.

앨리스
역자:○○○

롤리타

마찬가지로 언어유희 많은 작품인 《롤리타》는, 그래도 대부분 각주가 붙어 있고 서사의 비중도 높아서 원문을 구태여 읽을 필요는 없었습니다. 하지만,

앨리스는 아닙니다. 번역본으로 읽으면 직감이 팍 옵니다.

나는 지금 이 작품을 반쪽짜리로 보고 있다는 직감이.

• • •

당연하죠. 원문의 언어유희를 어떻게 번역본이 100% 구현하겠습니까?

물론 번역가님이 머리 싸매고 초월번역하신 게 한두 개가 아닙니다.

으아아 나한테 왜 이래

번역가

그런데 아이러니하게도, 그런 초월번역을 보면 볼수록 느껴집니다.

이건 원문을 봐야 이해하겠다는 걸요!

영어권 독자

← 번역가

너희가 본 걸 나한테도 보여줘!!

물론 일반 독자라면 그래도 그냥 번역본으로만 보셔도 됩니다. 아무도 뭐라 안 해요.

정말… 정말로…

하지만 저는 리뷰를 해야 하기 때문에!!

원서를 봐야 하나…?

아니 말도 안 돼. 이렇게 짧은 주기로 리뷰하는데 원서를 어떻게 ㅂ

그래서 봤습니다!

하지만 해냈죠!

레딧 번역으로 갈고 닦은 영어실력을 쏠 때다!!

갤럭시 탭

저는 이 리뷰를 위해 《이상한 나라의 앨리스》를 원서로 다 읽고 왔습니다!

다행히 아동문학이라 많이 어렵진 않더라고요.

종이책으로 사본 건 아니고, 저작권 만료된 문학 원서들을 무료로 볼 수 있는 사이트가 있습니다.
영어나 일본어 되시는 분은 잘 이용하세요!

그렇게 해서 완독한 소감은…

생각보다 더
미쳐있다는 거였죠.

긴 말은 필요 없습니다.
제가 원문을 읽으며
발견한 말장난을
몇 가지 옮기겠습니다.

작가 이거
뭐 하는 놈이야?

Do cats eat bats?
Do bats eat cats?
(고양이가 박쥐를 먹나?
박쥐가 고양이를 먹나?)

By-the-bye,
what became
of the baby?
(그런데, 아기는
뭘로 변했니?)

It turneda
into a pig.
(돼지가 되었어.)

Did you say
pig, or fig?
(돼지라고 했니,
무화과라고 했니?)

101

They drew everything
that begins with an M,
such as mouse-traps,
and the moon, and
memory, and muchness.
(그들은 M으로 시작하는 건
뭐든지 끌어올렸단다.
쥐덫, 달, 기억, 그리고
'많음' 같은 거 말야.)

What for?
(무엇 때문에요?)

Did you say
'What a pity!'?
(지금 '안됐네요'
라고 말했니?)

Ten hours the first day,
nine the next, and so on.
(첫째 날 수업은 열 시간,
둘째 날 수업은 아홉 시간
등…)

That's the reason
they're called lessons,
because they lessen
from day to day.
(그러니까 수업이라고
불리는 거지. 날이 갈수록
수가 없어지니까.)

예, 대강 이런 식입니다.

참고로 루이스 캐럴이 만든 극한의 언어유희는 《거울 나라의 앨리스》에 등장합니다. 바로 '**재버워키**'라는 시죠.

JABBERWOCKY

'Twas brillig, and the slithy toves
Did gyre and gimble in the wabe:
All mimsy were the borogoves,
And the mome raths outgrabe.

"Beware the Jabberwock, my son!
The jaws that bite, the claws that cat
Beware the Jubjub bird, and shu
The frumious Bandersnatch!"

He took his vorpal sword in hand;
Long time the manxome foe he so
So rested he by the Tumtum tree
And stood awhile in thought.

And, as in uffish thought he stood,
The Jabberwock, with eyes of flame,
Came whiffling through the tulgey wood,
And burbled as it came!

One, two! One, two! And through and through
The vorpal blade went snicker-snack!
He left it dead, and with its head
He went galumphing back.

"And hast thou slain the Jabberwock?
Come to my arms, my beamish boy!
O frabjous day! Callooh! Callay!"
He chortled in his joy.

'Twas brillig, and the slithy toves
Did gyre and gimble in the wabe:
All mimsy were the borogoves,
And the mome raths outgrabe.

Source: The Random House Book of Poetry for Children (1983)

대화 주제도 뜬금없는데 말장난까지 난무하니 앨리스는 시종일관 걱정하거나 당황하기 일쑤죠.

그럼에도 꿈에서 깨고서 재밌었다고 하는 거 보면 참 착한 아이입니다.

번역해도 뭔소린지 모르겠고 이걸 온전히 이해하는 사람은 극히 드물 듯하니 그냥 소개만 하고 넘어갑니다.

《거울 나라의 앨리스》는
무슨 내용인가요?

여기까지 왔으니
내용 소개 정도는
해야겠죠?

《이상한 나라의 앨리스》에서
트럼프 카드가 모티브였다면
《거울 나라의 앨리스》는
체스를 모티브 삼습니다.

집에서 고양이들과
놀던 앨리스는 우연히
거울 너머 세계로
들어가게 됩니다.

그 속은 체스판처럼
네모네모 모양으로
나뉜 세계였고
하얀 여왕과 붉은
여왕이 존재하죠.

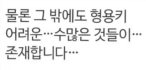

물론 그 밖에도 형용키 어려운…수많은 것들이… 존재합니다…

읽다 보면 이걸 이해하려고 노력하는 자신이 바보 같게 느껴질 테니 적당히 포기하고 보시면 됩니다.

앨리스는 그런 얼토당토 않은 세계에서 체스 게임에 참여합니다.

그 과정에서 온갖 일을 다 겪습니다. 바람처럼 빠르게 달려도 제자리에 있거나,

완전히 다른 장소에 있었는데 갑자기 상점으로 이동하거나,

계란을 샀더니 계란이 갑자기 사람처럼 변하거나 등.

참고로 그 계란인간이 험프티 덤프티입니다. 성격은 나쁘지만, 재버워키를 어느 정도 정확하게 해석하는 유일한 인물이죠.

갖은 고생의 결과로 결국 앨리스는 여왕이 됩니다. 물론 정상적인 세계가 아니니 여왕이 된다고 딱히 좋은 대접을 받진 않습니다.

이 모든 일은 전작과 마찬가지로 꿈속 이야기이므로, 앨리스가 깨어나며 끝나죠.

누가 꿈꾼 걸까? 내가 꾼 걸까? 고양이가 꾼 걸까?

7살 애한테서 이런 꿈 이야기를 자주 듣는 가족들은 무슨 생각을 할까요?

쟤가 그 미친 애야?

그래도 착해…

착하고 미친 애구나.

이 내용은 대부분 모르셨죠? 당연합니다. 《거울 나라의 앨리스》가 《이상한 나라의 앨리스》보다 훨씬 덜 유명하니까요.

내용이 전작보다도 더 뜬금없고 전위적이라 그런 듯합니다…

이제 이걸 기반으로 애니 이야기를 좀 합시다.

담론 4.
디즈니는 어느 정도로 각색했는가?

디즈니는 6.25. 전쟁이 일어나던 시기에 초 고퀄리티의 장편 애니메이션을 내놓았죠.

1951년에 나온 《이상한 나라의 앨리스》는 지금 봐도 허접하긴커녕 그 시절 애니메이터들의 장인 정신에 감탄만 나오게 만듭니다.

하지만 디즈니 애니메이션만 보고 원작을 읽은 분들은 많이 당황하실 겁니다.

어…

왜 이리 없는 게 많아?

트위들덤과 트위들디도
안 나오고,
바다코끼리와 굴 이야기도
안 나오고,

반대로 원작에만
있는 내용도
은근 많네?

쥐나 가짜 거북
같은 건
애니메이션에
없었는데.

이런 반응은 당연합니다. 왜냐,

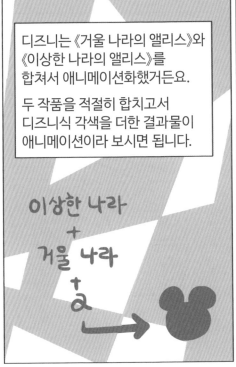

디즈니는 《거울 나라의 앨리스》와
《이상한 나라의 앨리스》를
합쳐서 애니메이션화했거든요.

두 작품을 적절히 합치고서
디즈니식 각색을 더한 결과물이
애니메이션이라 보시면 됩니다.

이상한 나라
+
거울 나라
+
2
→

그렇다고 원작 플롯을
왜곡한 건 아니에요.
큰 틀에서는 원작을
그대로 따라갑니다.

다만 원작에선,

얘네도 안 나오고

얘네도 안 나오고

*디즈니의 저작권이 무서워서
애니와 조금 다르게 그리는 중입니다.

이것들도 안 나오고

이것도 안 나오고

앤 문고리답게
말 안하고 죽어 있고

세세한 전개 면에서
다를 뿐이죠.

애니메이션에만 나오는
애들 대부분은 거울 나라에
등장합니다만, 가끔은
디즈니가 독창적으로
만든 생물들도 있습니다.

더불어 몇몇 장면과 전개는
센스 있게 재해석했죠.

원작에서 앨리스가

데이지로 목걸이를
만들면 재미있을까?

하고 생각만 한 반면,

애니메이션의 앨리스는
실제로 목걸이를 만들고
데이지 꽃밭에서 뒹굽니다.

원작에서 앨리스가
언급만 한 고양이
다이나는 애니메이션에서
실제로 등장하죠.

다만 토끼 굴에는
앨리스만 떨어지고
다이나는 위에서
앞발을 흔들어
작별인사를 합니다.

그리고 원작이랑
똑같이 앨리스는
조그만 문을
발견하는데요…

앞서 말했듯 애니메이션에서는
이 문의 문고리가 살아 있습니다.
말도 잘하고 실감나게 살아 있어서
문고리 아저씨라고 불러야 할 것
같아요.

사실상 이 아저씨 때문에 세세한 전개가 다 달라집니다. 원작에서는

아! 이 문이 잠겨 있으니 지금은 못 들어가겠네!

나중에 꼭 이 문을 통과해서 건너편에 있는 예쁜 정원에 가야지!

이게 사실상 앨리스의 최종 목표가 됩니다.

그리고 실제로 이 문은 열쇠가 있어야 열립니다.

근데 애니메이션에서는 문고리가 살아 있잖아요?

그래서 앨리스가 펑펑 울어서 눈물로 홍수를 만들었을 때 이 문고리 아저씨가 쿠엌컥컥 하면서 홍수 물을 강제로 마십니다.

그 바람에 문고리의 입이 열리니

작아진 앨리스는 병에 담긴 채 그 열린 입으로 문을 바로 통과합니다.

열쇠를 안 쓰고도 그냥 문을 통과한 거예요. 문 너머도 곧바로 정원이 나오는 게 아니라 다른 전개가 먼저 이어집니다.

이외에 가장 눈에 띄는 차이점은 앨리스의 심리입니다. 원작에서는 앨리스가 여러모로 당황하고 심란해하긴 하지만 그렇다고 집에 가고 싶어 하지는 않습니다.

그러던 애가 애니메이션에서는

흑흑 집에 돌아가고 싶어

그런데 빗자루 강아지가 길도 다 지워버렸어…

전 문을 열어서 밖으로 나가야 해요! 돌아가야 한단 말이에요!

어?
내가 자고 있네?
일어나 앨리스!
일어나!

상당히 필사적으로
돌아가고 싶어 합니다.

아무래도
디즈니가 재해석하며
조금 더 상식적인 아이로
만든 것 같군요.

자, 이렇게 해서
지금까지…

《이상한 나라의
앨리스》를 소개하고
원문과 비교하고
차기작도 소개하고
애니메이션과
비교까지 했습니다.

대체 무슨 짓을
한 거지…?

그래도 재밌으셨다면 됐습니다.

저는 정신이 나갈 것 같군요. 빨리 이 초현실주의 작품을 빠져나가 상식적인 작품을 읽고 싶어요.

그런 의미에서, 다음에는 조금 더 전통적인 작품 리뷰로 돌아오겠습니다!

굿나잇!

《이상한 나라의 앨리스》리뷰 - 끝

이상한 나라의 앨리스

Alice's Adventures in Wonderland

1865년 초판 커버

루이스 캐럴(Lewis Carroll), 96페이지

소녀 앨리스는 흰 토끼를 따라 굴로 떨어져
기묘한 생물과 기이한 사건이 가득한 이상한 나라를 모험한다.
현실과 환상이 뒤섞인 그곳에서 앨리스는 정체성과 논리에 대한 혼란을 겪는다.

1865년 출간된 이 작품은 아동 문학의 고전이자 넌센스 문학의 대표작으로, 언어유희와 상징을 통해 빅토리아 시대 사회를 풍자했다. 전 세계적으로 수많은 해석과 재창작을 낳으며 문학, 예술, 심리학 등 다양한 분야에 영향을 끼친 독창적인 작품으로 평가된다.

4
인간실격

저는 인간을 극도로 두려워하면서도
아무래도 인간을 단념할 수가 없었던 것 같습니다.

다자이 오사무 저, 김춘미 역
민음사(2012), 17p

세계문학이라 하면 소수의 매니아들만 즐길 것 같죠. 하지만 항상 예외는 있습니다.

몇몇, 특정 작품은 기이할 만치 인기가 많고,

서점에도 곧잘 눈에 띄게 발라당 누워있으며,

인싸들도 곧잘 언급하고, 툭하면 리커버되는 건 물론

유명 만화가의 코믹스화까지 진행됩니다.

이 모든 경우에 해당되는!

초-메인스트림 세계문학.

바로
《인간실격》입니다.
이번에 리뷰할
책이기도 하죠.

드디어 한다
《인간실격》!!!

작가인
다자이 오사무는
아마 국내에서
가장 유명한
일문학 작가일지
모릅니다.

그래도 설명은
필요하니-

잠깐 자기소개
부탁드립니다!

콘니치와-
다자이입니다.

본명은
쓰시마 슈지입니다.

오호! 성씨가
특이하네요.
좋은 집안
출신이신가요?

아버지께서
한때 국회의원을
역임하셨
이하생략

집에 하인이
좀 많았
이하생략

짐작은 가지만, 어쨌든 질문하겠습니다. 어느 대학 출신이시죠?

도쿄대학입니다.

역시

덕분에 존경하는 작가, 아쿠타가와 류노스케가 제 선배이고…

골때리는 천재 미시마 유키오는 제 후배가 됩니다.

대표작! 〈라쇼몽〉

대표작! 〈금각사〉

그 뒤 이십대에 등단해서 《만년》, 《사양》, 《인간실격》 등을 출간했지요.

옆나라에서도 유명한 작품들이지요.

와, 진짜 부족할 것 없는 삶이네요.

안정적으로 잘 사시다가 편안히 노환으로 돌아가셨겠어요.

하하

게다가 왜 자살을 네 번이나 실패한 건가.

할복하면 한방인데.

위험한 드립 멈춰!!

대강 이런 작가입니다.

몰라

뭐라고 한 거야

뭐 꼭 우울하고 유약하고 어둡기만 한 작가는 아닌데요.

독자들이 《인간실격》 하나만 읽는 바람에 이런 이미지가 박혔습니다.

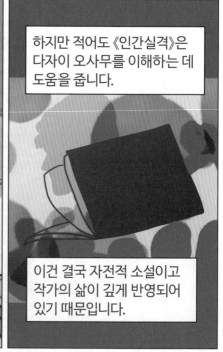

하지만 적어도 《인간실격》은 다자이 오사무를 이해하는 데 도움을 줍니다.

이건 결국 자전적 소설이고 작가의 삶이 깊게 반영되어 있기 때문입니다.

그러므로- 슬슬 줄거리를 살펴보죠.

활짝

가슴 깝깝해지니까 창문 좀 열고!

이 이야기는 액자식입니다. 시작 부분에서 화자는 사진 세 장을 들여다봅니다.

흠- 정말 이상한걸.

어릴 때 사진은 억지스럽게 웃고 있고,

청년기에는… 차갑다고 해야 하나? 조금 계산적인 이상한 미소를 짓고 있고,

마지막 사진은 나이조차 잘 모르겠어. 엄청나게 무미건조한 얼굴이군.

이게…

다 같은 사람 사진이란 말이지?

이 단순한 프롤로그는 순식간에 독자를 이야기 속으로 이끌어갑니다. 사진 속 인물이 바로 본작의 주인공 '요조'이죠.

바로 다음 장에서는 이 요조의 1인칭 서술로 수기가 시작됩니다.

그 유명한 첫 문장과 함께 말이죠.

부끄럼 많은 생애를 살았습니다.

나는 도무지
인간의 삶이라는 것을
이해할 수 없습니다.

문제는 요조가, 모든 감각을 수동으로 설정한 듯한 성격이란 거죠.

선물 갖고 싶은 거 없냐?

없는데

장난감 갖고 싶지?

그런 걸로 하죠

그는 사회에 통용되는 개념과 감각을 전혀 공유하지 못합니다.

때문에 어렸을 때부터 인생이 난이도가 높습니다.

부잣집 아들이니? 행운아네!

하루하루 지옥 같지만 그대로 말하면 욕먹겠지?

다시 말하자면 아웃사이더라는 건데요.

그냥 처음부터 자기 맘대로 살면 편했겠지만 요조는 좀 더 눈치를 보는 쪽을 택합니다.

사회생활용 가면을 만들자.

131

하지만 너무 모범생 가면은 좀 그렇지. 남들이 보는 모습이랑 실제가 너무 달라서 자괴감 들잖아.

그거 말고 적당한 걸로… 그래. 남들 잘 웃기는 악동이면 적당하겠지.

연기라는 걸 들키지 않으면, 사회에 적당히 섞여 살아갈 수 있을 거야.

그렇게 해서 요조의 첫 번째 사진.

주변을 의식하여 억지스럽게 웃는 유년기가 완성됩니다.

이쯤에서 태클을 거실 수 있는데요.

아니, 그렇다고 가족한테까지 연기를 한다고?

20세기 초에 간식으로 카스텔라 처먹으니 배고픔을 이해 못하는 거 아닐까요?

환경도 좋은데 애 자존감은 왜 이리 바닥임?

그러게요
특히 카스텔라 부분에 동의

뭐… 저는
이유가 있습니다.

일단 저 집 가족이
되게 평범한 사람들이라
요조가 자기 본심을
공유할 대상이 없었고요.

중요한 다른
이유도 있습니다.

쓱 언급되고
마는 부분이지만–

요조는 어린 시절 하녀에게
성폭행을 당했습니다.

감상 시선에 따라서는
유년기 성폭력 때문에 비틀린
사람으로도 볼 수 있는 거죠.

이후 내용 보시면 어느 정도 연결이 됩니다.

중학교에 진학한 요조는, 초기엔 유년기처럼 악동을 연기합니다.

하지만 우연히 자기 본성을 꿰뚫어본 친구, 다케이치를 만나고-

웃기려고 일부러 그랬지?

처음으로 진솔한 대화를 나누며 예술적 재능을 표출하죠.

이게 내 자화상이야…

다케이치는 요조와 친해지며 두 가지 예언을 합니다.

넌 여자를 잘 홀리겠구나.

그리고 대단한 화가가 되어 성공할 거야.

134

이쯤에서 하나 고백하겠습니다.

저는 초독 때 이 부분 읽고 기대했습니다.

요조가 자기만의 기이한 심상을 활용해 광기에 찬 예술가가 될 줄 알았어요! 천재 화가 돼서 성공하는 내용일 줄 알았다고요!

제목이 《인간실격》인데 그럴 리가요

뭐 어때! 어차피 예술가들은 대부분 사람이 덜됐어!!

아무튼 요조는 이후 전학을 가서 다케이치와 헤어집니다.

그때부터 본격적으로 망가지기 시작하죠.

이때부터 요조는 학교도 빠지고 공부도 안 합니다. 기껏 미술학원에 갔지만 그렇다고 그림 공부를 열심히 한 것도 아닙니다.

마르크스를 연구하는 운동권 단체에 들어가지만 진지하게 사회주의를 공부한 것도 아닙니다.

기껏해야 얻은 거라곤…

'호리키'라는 되바라진 친구뿐이죠.

대인기피증을 극복하는 데에는 세 가지 약이 있다!

술! 담배! 매춘부!

*진짜로 이런 대사가 나오진 않습니다

결론은 뭐냐?

- 공부 안 함

- 돈 흥청망청 씀

- 알코올 중독

- 매춘만 밥 먹듯 해서 여자한테 위로 받고 회피

자기 너무 귀엽다!

요조는 잘생긴 남자였습니다.

근데 남자다운 미남은 아니고 좀 피폐한 느낌에 모성애를 일으키는 미남이었죠.

결국 연상의 여성들에게 의지하는 나날이 계속됩니다.

근데 그거 아세요?

얘가 여자한테 인기 없었으면 아쉬워서라도 스스로 성장할 수도 있었거든요?

하지만 만나는 여자마다
얘만 보면 모성애 폭발해서

일하지 말고
집안일도 하지 말고
집에서 뭉개고 계세요.
내가 먹여살려줄게요!

아아,
우리 착한 서방님이
마음 약해서 맨날
술만 마시네, 어쩌나?

이 모드라서!!
애가 갱생을 안 합니다!!!

기만자 미쳤네;;

부러워 죽기
직전입니다
선생님;;;

결국, 호스트 근성을 각성한 시기.
퇴폐적인 미남이 된 이 시기에,

요조의 두 번째 사진.
세상 다 산 듯한
괴상한 미소를 짓는
청년기가 완성됩니다.

이쯤에서
태클 하나.

회피성 성격장애를
무시하지 말라고요.

뭘 말하든 죄다
회피해버릴 테니까
후후…

그래 미친!!
네가 이겼다!!

어쨌든 절반 정도는
요약했으니 이쯤에서
마무리 짓습니다.

이 이제부터는
이 버러지 인생의
말로와 특징을
살펴보겠습니다.

키스해줄 테니
그만둬요.

싫어.

**특징 1.
조건과 세상살이는 별개**

보통 고전문학에서
고난이라 하면,
어떤 운명적인
사고가 많습니다.

최소한 주인공이
예상을 못했거나
통제 불가능한
부분에서
고난이 생기죠.

하지만
《인간실격》은
다릅니다.

이 책의 모든
고난은! 순수하게!
주인공이 자초해서
일어납니다.

정말이지
주변 어떤 것도
문제가 없습니다.
모든 건 주인공의
문제입니다.

*어릴 적 성폭행 문제를
번외로 친다면

이쯤에서 요조의 조건을 볼까요?
정말이지 기만이 따로 없습니다.

금수저

미남

머리 좋음

아버지가 좀 권위적이지만 당시로서는 괜찮은 수준입니다. 게다가 좋은 형제들도 잔뜩 있죠.

요조, 네가 노력한다고만 하면 어떻게든 챙겨줄 테니까…

분명 적당히만 노력해도 순탄하게 살았을 겁니다. 하지만…

요조는 굉장히 자기주도적으로 인생을 망칩니다.

공부도 안 했고!

용돈은 낭비했고!

유부녀, 매춘부랑 놀았고!

하지만 적어도 이때는 학생 신분이었습니다.

요조의 인생이 제대로 박살나기 시작한 건, 애인과 동반자살을 시도했을 때입니다.

애초부터 인생에 미련이 없었어…

하지만 유부녀였던 애인은 죽고 요조 혼자 살아남습니다.

자살방조로 재판을 받은 뒤 학교에선 퇴학당합니다.

엣?

빈둥거리다 재입학도 포기해버리니 아버지는 의절해버립니다.

참고 참고 또 참았는데 이젠 안 되겠다!! 알아서 나가 살아!

재벌집 폐급 아들에서 그냥 폐급이 된 요조는,

간간히 만화를 그리거나 여자에게 빌붙으며 비루한 일생을 이어갑니다.

결론:

이건 맞음

넌 여자를 잘 홀리겠구나.

그리고 대단한 화가가 되어 성공할 거야

이건 틀림

이게 《인간실격》이 특이한 이유입니다. 정말 주변에 아무 문제없는데 오로지 주인공 성격 하나로 이 난리가 나는 거예요.

오로지 회피하는 성격, 가족으로부터, 노력으로부터 회피하는 저 성격이 모든 비극을 만든 겁니다.

누구나 내면 한쪽에는 도망치고자 하는 성향이 있습니다.

그걸 억누르고 노력하면 나아지는 거고 계속 피하면 히키코모리가 되는 거죠.

이 회피성향을 극한으로 표출한 게 바로 요조의 일생입니다.

이 미묘한 캐릭터성 때문에, 《인간실격》을 본 독자의 감상은 모 아니면 도로 나뉩니다.

완전 공감돼!

전혀 공감 안 돼…

전자라 해서 꼭 회피성 성격이라기보다는… 자기가 여차하면 요조처럼 될 수도 있었다는 걸 인지하는 사람일 겁니다.

후자는 어찌됐건 노력조차 안 하는 요조에 반감을 느낀 사람이고요.

참고로 저는 후자입니다.

자식놈 서포트 다 해줬는데도 보람조차 못 느낀 요조네 아버지께 감정이입 팍 돼서 그만…

요조도 지 같은 아들 낳으면 그 심정 이해하겠지

145

그렇다면 왜 회피하게 된 걸까요? 그냥 귀찮아서?

그런 사람도 있겠지만요. 여기서는 '두려움'에 초점을 맞추겠습니다.

특징 2.
세상과의 괴리감

만약 요조가 세상과 일체감을 느꼈다면 딱히 회피하지도 않았을 겁니다.

이 주인공이 특이한 점은, 외면만 보면 인싸인데 내면은 아싸라는 겁니다.

잘생겼는데 아싸일 수가 있나요?

가능○○ 놀랍게도○○

초반부에 나왔듯, 애초에 일반적인 욕구에 공감을 못합니다. 선천적으로 사회와 못 어울리는 성격이죠.

어릴 적 성폭행 경험은 이런 폐쇄적 성향을 더욱 강화했습니다.

결국 그는 청소년기 내내
가면을 쓰고 살아갑니다.

다만 나중에

사회는 개인이다!
주변 눈치 볼 것 없고
개인주의로
살아가는 게 답!

그럴지도?

라는 깨달음에 이 가면을 벗어 던지긴 합니다.
그게 곧 노력한다는 뜻은 아니라서 그 뒤에도
인생이 나아지진 않지만요.

다만, 이런 요조에게도
마지막 갱생의 기회가
있었습니다.

어이,

내가 술 끊으면
나랑 결혼하는
거다?

응!
약속했으니까
안 마실 거지?
나는 요조를 믿어.

바로 요시코를
만났을 때입니다.

요시코는 요조가 만난 여자 중 유일하게 연하입니다.
그리고 더없이 순수합니다.

세상 모든 것을 신뢰하는 사람이기도 하죠.

이 정도면 신뢰의 천재다…

이렇게나 세상 모든 걸 믿고 살아갈 수 있다니.

이런 여자랑 살면 나도 좀 변할 수 있으려나.

요시코의 순수함에 반한 요조는 정말로 그녀와 결혼해서…

이전과 달리 꽤나 멀쩡한 생활을 합니다.

너 웬일로 눈깔이 제대로 박혀 있냐?

오랜만이야, 호리키.

이렇게 엔딩 나면 제목이 인간합격이었겠죠?

안타깝게도 현실 세계에서 무한한 신뢰는 독이었습니다. 요시코는 믿었던 지인에게 느닷없이 겁탈당하게 됩니다.

왜 이런 일이 벌어지는 거죠?

이 세상에서 신뢰는 죄입니까?

요시코는 남을 신뢰한 죄로 벌을 받은 거예요?

이 일을 계기로 요조는 세상과 자신 사이의 견고한 벽을 느끼고-

그의 생활은 영영 불안정해집니다.

특징 3.
압도적 가독성

내용은 대충 이렇습니다.

우울하죠?
우중충하죠?

하지만 잘 읽힙니다. 엄청!

그리고 재밌습니다! 얇아서 하루만에 다 읽을 수도 있습니다!

《인간실격》의 인기 비결은 두 개입니다. 하나가 앞에서 말씀드린 묘한 공감대, 또 하나가 이 가독성입니다.

일단 프롤로그의 세 사진부터가 독자의 흥미를 당기고요.

그 뒤를 이어가는
요조의 인생 요약본은
누구든지 작품 속 세계로
빨려들게 합니다.

다자이 오사무
특유의 문체도
가독성을 돕습니다.
이 책은 특이하게도
독자에게 존대어를
씁니다.

○○하였던
것입니다.
○○하고 말았던
것이지요.

로 자주 끝내는
구어체입니다.
다자이가 자주 쓰는
끝맺음이기도 하죠.

이런 문체 때문에,
실제 있었던 사람이
독자에게 조곤조곤
말을 거는 듯한 느낌이
듭니다.

함 들어볼까?

고전은 어렵다는
이미지인데,
이건 문장도
단어도 쉽네…?

이렇게 책장 넘기면
생각 이상으로 침울한
내용에 충격 먹고
늘어지는 겁니다.

리뷰툰으로
맛보기 했으니
독자 여러분은
안 그러실 수
있겠죠?

물론 꼭 모든 내용이 쉬운 건 아닙니다. 호리키와 요조가 단어들을 희극, 비극으로 분류하는 부분, 중간중간 사색하는 부분은 상당히 철학적이에요.

이건 희극 명사!

이건 비극 명사.

하지만 이 부분 이해가 독서에 필수적이진 않고요. 일종의 연출이나 공상에 가깝습니다.

죄와 벌, 두 단어는 비슷한 말인가? 혹은 반대말인가?

특징 4.
작가와 주인공

마지막으로 요조와 다자이에 대해 이야기하겠습니다.

이러니저러니 해도《인간실격》은
자전적 소설입니다.
그렇기 때문에 작가와 주인공은
공통점이 많은데요.

말 나온 김에
하나씩 따져볼까요?

아버지가 의원 재임

아버지가 냉담함

학창 시절 좌익 운동에 임함

카페 여급인 애인과
동반자살 시도,
애인만 사망

이후 자살방조죄로 추긍

수면제를 사용해 자살 시도한 전적이 있음

정신병원에 입원한 경험이 있음

…이쯤 되면 차이점을 먼저 꼽아야 하지 않을까요?

요조는 만화 그렸는데 다자이는 글 썼대요.

그렇군요!

그리고 또 하나의 차이점.

엄청 신경 쓰여서 직접 여쭤보기로!

자전적 소설인데 주인공을 자타공인 미남으로 설정한 건 무슨 생각이에요?

그건 노코멘트-

실제 다자이 씨도 못생긴 건 아니지만 그 뭐랄까 대체 왜

요조나 저나 자존감은 낮았다는 것만 말해두죠-

근데 현실의 저도 연애는 잘 한 편이랍니다.

여자들이 끌리는 뭔가가 있었나?

어쨌든 요조와 마찬가지로 사회생활용 가면을 썼고 말이죠.

게다가 제가 툭하면 죽고 싶어 하긴 하지만, 꼭 어둡기만 한 사람은 아니거든요.

그렇다고 듣기는 했는데요.

다른 책까지 골고루 읽지 않으면 솔직히 잘 모르겠음…

읽어보면 되죠.

비록 말년에 제 인생을 담아 《인간실격》을 쓰긴 했지만-

결코 남들이 그것만 읽길 바란 건 아니랍니다.

흠- 그럼 다른 작품들에선 좀 더 명랑하고 매력적인 캐릭터들을 볼 수 있을까요?

물론이죠.

멋진 풍광 묘사도 있을까요?

널리고 널렸습니다.

다양한 우울증 묘사도 있을까요?

말할 것도 없지요.

끝내주는구만요!

《인간실격》 리뷰- 끝

No Longer Human

1948년 초판 커버

다자이 오사무(Osamu Dazai), 170페이지

주인공 요조는 타인과의 진정한 관계를 맺지 못한 채
위선과 방탕 속에 무너져가며, 끝내 자신을 '인간 실격'으로 느낀다.
그의 고백은 절망과 자아 상실의 기록이다.

다자이 오사무의 자전적 요소가 짙게 반영된 이 소설은 전후 일본 사회의 불안과 개인의 고립을 극적으로 보여준다. 발표 이후 꾸준한 인기를 끌며 일본 현대문학의 걸작으로 자리매김했으며, 절망의 미학과 실존적 고뇌를 상징하는 작품으로 널리 읽히고 있다.

5

보물섬

하지만, 내 말하는데,
좋은 뜻에서 좋은 결과가 나오는 건
한 번도 못 봤어.

로버트 루이스 스티븐슨 저, 강성복 역
펭귄클래식코리아(2017), 231p

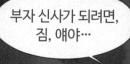

부자 신사가 되려면,
짐, 얘야…

본심을 숨기고
사려 깊은 척,
능글맞은 척을
할 수 있어야 해.

그래야 보물을
얻는 거야.
온갖 역경을
견뎌내고서…

정말로 착한
소수의 사람들은
속이면서 말이죠.

누구나 마음속에 품은 로망이 있습니다. 보물을 찾는 것도 그 중 하나죠.

그 보물이 모험과 수수께끼 너머에 있다면 더욱 좋습니다.

그 모험이 해적과 함께하는 것이라면 더더욱 좋고요.

아, 물론…

본인이 굉장히 적극적이고 걱정이 많지 않으며 세상물정을 잘 모른다는 가정하게 말이죠.

방에서 이야기로 접할 때 재밌단 건지 내가 모험하고 싶단 건 아니었어…

배 타고 무작정 나가면 생존율이 얼마지? 엄마, 아빠가 슬퍼하실 거야.

해적은 사람 죽이고 고문하는 것들이잖아. 걔네랑 엮이라고?

물론 이 모든 허들을 넘는 모험가도 항상 나오기 마련입니다.

항해 경험도 없는 나더러 대뜸 배 타고 보물 찾으러 가자고?! **완벽해! 당장 하자!**

부모님 허락? 알 바야? 몰래 나오지 뭐!

이런 사람들 덕에 인류는 평균 수명이 대폭 줄었으며 해적의 악명은 한층 더 높아졌고…

바다 너머 모험에 대한 로망은 그만큼 막연하게 깊어졌습니다.

그리고 사람들은 여전히 명예로운 모험을 동경했습니다.

위험한 인생, 그만큼 보상이 큰 낭만적인 인생…

이거 현대 사회에선 잘 통하지 않네요.

과학이 발달해서 이제 바다는 그다지 신비로운 무대가 아니니까요.

뭐, 확실히 그렇겠지만…

천재적인 역량으로 인간의 고달픈 모험과 그늘진 욕망을 그려낸 작가.

바로, 로버트 루이스 스티븐슨입니다.

Robert Lewis Stevenson 1850~ 1894

그리고 이번에 리뷰할 책은 그가 저술한 《보물섬》입니다!

많은 독자들에게 대대로 사랑받는 모험소설, 액션소설입니다.

Tresure Island

물론 지금 와서는 다른 작품이 스티븐슨의 대표작 포지션을 차지해 버렸지만요.

Jekyll and Hyde

같은 작가였어?!

우선 지금은 보물섬을 찾으러 가보죠.

간단히 앞쪽 줄거리만 훑겠습니다!

《보물섬》은 기본적으로 어린이들을 겨냥한 문학입니다.

특히, 바다 하면 사족을 못 쓰는 19세기 영국 소년들!

그래서 이 작품의 주인공이자 화자 역시 어린아이죠.

이름은 짐 호킨스, 항구 근처 여인숙집 아들입니다.

어디에나 있을 법한 대영제국 소년인 내게 무슨 일이?

얼른 접시나 날라 아들내미

애가 정확히 몇 살인지는 언급이 안 됩니다. 근데 시종일관 어린애라고 하는 걸 봐선 14살도 안 되지 않았을까요?

보시다 보면 알겠지만 나이에 비해 엄청나게 비범한 소년입니다.

전근대 사람들은 인간 자체가 강해

14살

예, 아버지. 제 몫은 스스로 하고 어머니도 잘 모시겠습니다.

짐이 그대로 자랐다면 아버지처럼 여인숙 주인이 되었겠지만…

한 늙은 뱃사람이 손님으로 오며 모든 것이 달라집니다.

자아―

이 숙소가 외진 곳에 있고 평가도 좋아서 묵기로 했소.

내 이름은 알 바 아니오. 그냥 선장이라고 부르시오.

부킹닷컴
9.5

바다가 보이는 방을 주쇼.

럼주하고!

요—호—호—

그 손님 말야. 키 크고 몸이 다부지지.

근데 옷은 굉장히 낡았고, 럼주를 좋아해.

게다가 무언가에 쫓기는 듯 수시로 바다를 관찰하지.

다른 손님들에게 으스스한 이야기를 하고 말야.

크크크… 사람 눈을 가린 채 널빤지 위를 걷게 하는 걸 본 적 있나?

그리고, 수시로 괴상한 노래를 불러.

게다가 선장이라 자칭한 그는 항상 무언가를 경계하는 듯했습니다.

꼬맹아, 알바 자리 안 필요하냐?

여인숙 손님으로 외다리 선원이 오는지 확인하도록 해라.

만약 온다면 당장 내게 보고해. 그러면 초하룻날마다 동전을 주마.

네…에…?

숙박비나 제때 내지

용돈 생기는 건 좋았지만, 이런 제안은 선장이 지은 죄가 많다는 증거였죠.

게다가 상상력 풍부한 짐은 선장 덕에 밤마다 외다리 선원이 쫓아오는 악몽을 꿨습니다.

그것이 오래가진 않았지만요.
곧 수상한 선원들이 선장을 찾아와
싸움을 벌였습니다. 애꿎은 짐은
속사정도 모른 채 계속 휘말립니다.

난 블랙독이다!
기억나지?

난 퓨다!

어떻게
사람 이름이

그리고 선장은 신경쇠약에
걸린 데다 럼주를 물처럼
퍼 마십니다.

숙박비는 내고
죽어야죠 선장님

으어…

아버지도 결국
돌아가셨고,

여인숙엔 이런 인간이
죽치고 있고,

해적인지 선원인지도
모를 놈들이 자꾸
얘 협박하러
여기로 찾아온다

가족이라곤
어린 나랑 어머니뿐

짐은 너무 심란한 나머지
정신연령이 40대 정도로
올라갑니다.

리브지 선생님 말씀에 따르면 이 선장이 언제 죽을지 모르겠는데…

짐, 저 선장이란 인간이 갑자기 쓰러졌다면? 놀랐겠구나.

의사로서 이 아무짝에도 쓸모없는 사람을 살려 두었단다. 일단은 말이지.

굳이?

문신을 보니 본명은 빌리 본즈더구나.

살고 싶거든 술은 무조건 끊으라고 하거라.

당연히 그 뒤로도 맨날 퍼 마셨다

아니나다를까,

선장은 곧 짐이 보는 앞에서 쓰러져 죽습니다.

근방에 수상한 배가 떠 있는 상황에, 폭력적인 해적이 선장 자신에게 최후통첩을 날린 당일이에요.

무서워서 여기서 어떻게 살아?!

저 시체는 어떻게 치우지?!

사망까지도 민폐 그 자체인 빌리 본즈였습니다.

하지만 그 일은 짐 가족에게 어떤 전환점이 되었습니다.

짐과 어머니는 빌리가 처음 숙박할 때 챙겨온 궤짝을 엽니다.

이 궤짝이 열린 건 한 번도 못 봤었죠?

밀린 숙박비로 챙길 게 있으면 좋겠구나…

궤짝을 여니! 눈이 휘둥그레질 금은보화가!

있지는 않았지만 새 옷과 다양한 동전들이 있었고, 꼼꼼하게 꿰어진 꾸러미도 하나 보입니다.

어머니, 빨리 짐 챙겨 이 집을 떠나요.

빌리에게 통첩을 날린 사람들이 찾아와 우리도 위협할 거예요.

그러면 셀 수 있는 동전만 가지고 나가자.

이쯤에서 우리는, 진상 손님 하나 받은 죄로 해적에게 목숨을 위협당하는 대영제국 서민의 설움을 볼 수 있습니다.

안에 뭐가 있을지 모르니 이 꾸러미도 챙기자.

그리고 짐의 기가 막힌 판단력도 느낄 수 있죠.

모자가 집을 나간 지 얼마 안 되어 어떤 일당이 집을 뒤집어 놓습니다.

젠장! 늦었어!!

이 집에 사는 놈들이 이미 빌리의 궤짝을 다 뒤져놨어!

게다가 우리가 찾는 것도 없고! 어쩔 거야?!

설마 이건가…?

다행히 일당은 내분이 벌어졌고, 짐과 어머니는 그날 밤 목숨을 부지합니다.

하지만 아직은 집에 돌아가기 껄끄러워. 무엇보다 이 꾸러미를 믿을 만한 사람에게 맡겨야 해.

어중이떠중이 말고, 진짜배기 신사분께…?

그런고로!

제가 아는 최고의 젠틀맨인 리브지 선생님! 이거 좀 맡아주세요!

허?

고생 많았구나 짐. 이거 정말 의미심장한걸.

이 애 어머니는 따로 모시고 이 애는 우리 집에서 재우도록 하지.

때마침 리브지는 지주 트렐로니와 함께 있었습니다. 트렐로니는 말이 많긴 해도 선한 사람이었죠.

이들은 짐의 사정을 듣고 다같이 보는 앞에서 꾸러미를 풉니다.

난 신사니까 막 찢지 않을 거야. 수술용 가위로 한 땀 한 땀 잘라야지.

좋은 생각일세. 막 찢었다가 중요한 부분이 훼손되면 그거 밝힌다고 쓸데없이 내용이 길어질 수 있다네.

그 안에 있는 건… 정체모를 장부, 종이뭉치, 그리고,

어떤 섬을 상세히 기록한 지도였습니다. 빌리 본즈가 그토록 숨겼던 지도에는, 보물의 위치가 표시되어 있었습니다.

보물 더미는… 여기에…

…

자네 의사 노릇 관두고 나랑 배 타세! 내가 배랑 선원들은 책임지고 구해오지!

자네는 선상의사로! 짐은 캐빈 보이로! 다같이 가세나! 해적이 숨긴 보물을 찾으러!

진도 좀 천천히 빼게 제발.

이후 내용은 정석적입니다.

봐봐! 내가 얼마나 유능한지!

불안

지주의 주도하에 일행은 뱃사람을 모으고 보물섬까지 항해할 준비를 합니다.

이 과정에서 히스파니올라 호를 구합니다. 히스파니올라 호는 훌륭한 배였습니다.

선원들도 조금 풀어진 구석이 있지만 준수한 일꾼들이었죠.

배 안에서 지내려면 규율이 확실해야지.

프로 그 자체인 선장은 조금 떨떠름해합니다.

그리고 지주가 포섭한 중요한 인물이 있습니다.

바로 키다리 존 실버입니다.

아이고! 네가 짐이구나! 이거 잘 부탁해!

실버는 건실하고 사회성 좋은 요리사입니다.

다리 하나 없다고 놀라지 마. 어디서든 잘 다닐 수 있으니까.

누구하고나 쉽게 친해져서 짐하고도 허물없이 지내죠.

난 예전에 상선을 탔어. 지금은 여관에서 요리하고 있는데… 다시 바다로 나가고 싶어 히스파니올라 호에 타기로 했지.

배 위에서 요리는 나한테 맡겨줘!

이렇게만 보면 그가 배신하리라고는 믿기 어렵습니다.

실버의 사회성에 껌뻑 죽은 짐은 그가 대놓고 선원 출신에 외다리인데도 의심을 안 합니다.

좋은 사람이잖아!

이들이 찾을 보물은
한때 빌리 본즈가 모셨던
해적의 소유입니다.

플린트 선장의
마지막을 본 게
나였다.

럼을 안 마시면
그의 환영이 보여…

플린트 선장!?

잔인하기로
유명한
그 해적이군.

검은 수염도
저리가라 할 만한
인물이라는데!

워낙 네임드라서
제 앵무새 이름도
플린트 선장이죠.

어쩌다 그 부하가
우리 여인숙에
손님으로?

예, 이런 이야기입니다.

이야기 구조가 너무 정성적이라 느끼신다면,

이런 식의 보물찾기 모험이 이 책이 원조라 그렇습니다.

해적의 이미지가 너무 정성적이라 느끼신다면,

우리가 아는 해적의 이미지도 이 책이 원조라 그렇습니다.

이 부분을 알고서-

특징으로 갑시다!

**특징 1.
위험하고 야만적인 로망**

앞에서 말씀드렸지만 이 책의 서사는 인간의 근원적 로망을 자극하죠.

보물을 찾을 선원을 모집합니다!

위험도 높음! 잊을 수 없는 경험 보장! 성공하면 부와 명예도!

위험 회피자들도 한 번쯤
움찔할 만한 이야기입니다.

이 기회
포기하면 뭐…

그냥 영영
일상 속에서
심심하게
사는 거고…

그리고 한층 더 불건전하게,
해적에 대한 로망까지 자극합니다.

요호호 하는 음산한 노래

럼주를 물처럼 드링킹

거친 항해사+ 마초 이미지

파도를 헤치며 약탈하는
불안정한 삶

어딘가에 금화 숨겨둠

애초에 이 책을 조상 삼아
캐리비안의 해적도 나오고
원피스도 나온 겁니다.
끌릴 수밖에 없죠.

플라잉 더치맨!
바르보사!
검은 수염!

게다가 이 책은 빅토리아 시대의 유산입니다.

영국이 최고의 해양 강대국이던 시절이고, 영국산 해적이 바다를 공포로 몰아넣던 시대죠.

결국 보물섬은 단순한 모험소설이 아니라…

영국의 모험 문화와 해적 문화의 집대성입니다.

바다 위를 항해하는 거친 야만인들!

와앙! 해적이다! 바다의 사나이! 멋져!

당황스러운 건, 분명 책에서는 해적을 미화하려는 의도가 안 보인다는 겁니다. 오히려 노골적으로 안 좋게 묘사했습니다.

진상 그 자체
밥먹듯이 배신
밥먹듯이 선상 반란

+ 무식 그 자체
안 씻음

빌리 본즈 나올 때마다
강제로 욕조에 처박아서
박박 씻기고 싶은 걸
참았습니다!
만화에서라도
씻기겠습니다!

와악 목욕 싫어

아무래도,
약탈자+모험가라는
속성이 어쩔 수 없이
사람을 유혹하나
봅니다.

줄거리부터가
해적이 숨긴 보물
찾는 거니까요.

특징 2.
주인공은 유능의 아이콘

이 책을 말할 때
짐 호킨스를 뺀다면
그건 간첩입니다.

대체 어디
간첩인데?

사실 책 읽을 때,
주인공이 청소년도
못 된 어린애여서
굉장히 당황했어요.

배 타야
하는데?!

그리고 읽으면서 더 당황했습니다.

애가 지나치게 유능하고 멘탈이 딴딴하고 어른스러웠거든요.

네가 이러면…

21세기의 20대는 자괴감이 들어…

작중 배경이 1700년대라는 걸 감안해도 좀 유별납니다.

사실 평소에도 여관일 돕거나 빌리 사망시에 대처하는 모습이 범상치 않았는데…

이 책 후반부에서 트러블이 연달아 엄청 나오거든요.

콰

쾅

거기서 짐이 거의 멱살 잡고 캐리를 합니다. 웬만한 어른을 훨씬 상회하는 판단력으로 일행을 구해내죠.

지금부터 의심되는 무리 사이에 끼어들어 중요한 정보를 엿듣자. 정보는 많을수록 좋으니까.

조종이 엄청 힘든
조그만 배를 타고서
함선에 다가가
닻줄을 끊어버리자.
내 체구라면
가능할 거야.

나쁜 어른이 저를
죽이려고 하네요.
침착하게
위로 올라가
총을 쏘겠습니다.

너무 나댄다 싶다가도
결과적으로 애가 너무
잘 해내니까 할 말을
잃게 됩니다.
판단력과 담력에 운까지
끼얹었었다 보시면 됩니다.

솔직히
운이 안 따랐으면
개죽음 당했을
상황이 너무 많다…

멘탈 역시 엄청납니다.

그 어떤 끔찍한 상황에도 멘붕하지 않고 어떻게든 받아들입니다.

가차없는 습격에 저는 손을 다치고 얼마 없는 어른들이 중상을 입었군요.

다른 어른들에 비하면 제 부상은 하찮은 수준이에요. 어서 대책을 세워야겠어요.

네가 이러면 21세기의 20대는 자괴감이 든다니까?

뭐, 과장해서 말했지만, 이 책은 일단은 아동문학이니~

소년들이 자기 또래 멋진 주인공에 감정이입하라고 이렇게 만들었겠죠?

특징 3.
현장감 100퍼센트 항해 일기!

이 모험은 배 위에서 이루어집니다.

선상 생활이란 뭐냐!

투박한 사내놈들끼리
소금물로 대충 씻으며
산다는 것이다!

그것도 바다 위에서!
고립된 장소에서!
최소 몇 달 이상을!

그러니
스트레스 풀려면
가끔씩 약탈을-

이건 해적놈들
이야기고요.
좀 더 일반적인
경우를 말하자면…

배 타는 모두가
인내심, 성실성을
갖춰야 합니다.
작은 사회이니만큼
각자 맡은 업무를
빠릿빠릿 해내야죠.
무슨 큰일이 날지
모르거든요.

그래서 내 배에선
귀엽다고 봐주는
법 없습니다.
꼰대 소리 들어도
할 수 없죠.

190

배라는 작은 사회에서 가장 무서운 게 뭔지 압니까?

바로 선상 반란.

선원들 상태를 항상 파악해야 합니다. 수틀린 놈들이 없는지.

왜냐면 반란이 일어나도 도망칠 곳이 없거든요. 반대파에게 죽든가, 포로가 되거나,

이도 저도 안 되면 바닷물에 뛰어들어야 합니다.

그래서 규율이 중요합니다. 선원을 풀어주면 악마가 깃드니까요.

하지만 맛있는 건 자주 먹게 해줍쇼.

내 말 듣게 바비큐!

제 이름은 존 실버예요

나중에 보물섬 내부로
무대가 이동하긴 합니다.
하지만 이 작품은
기본적으로 항해하는
이야기이고, 이야기의
주요 무대는 배입니다.

다수의 사람이 함선으로
먼 바다를 건너는 이야기죠.

그렇기 때문에 굉장히
현실적인 항해 일상과
항해 팁이 등장합니다.
이 모든 것은 캐빈 보이인
짐 입장에서 서술됩니다.

사과는 맘껏
먹을 수 있어서
다행이야…

너무나도 현장감 넘치기에
독자들은 꼭 본인이
바다 위에서 일하고
나아가는 기분이 듭니다.

침대가 좀
흔들흔들하넹

물론 고전 중에는
더 팍팍하고 심란한
항해 썰들도 있지만,
그것들은 대부분
초점이 좀 다른 곳에
가 있기에…

아서 고든 핌의 이야기
로빈슨 크루소

적당히 소프트하면서도
항해의 상식을 알려주는
책으로는 《보물섬》만한 게
없다 생각합니다.

근데…

이런 상식 알아봤자 뭐가 좋죠?

18세기 영국 함선을 타본 척하고 썰을 풀 수 있습니다!

오

**특징 4.
어둡고 깊은 부분들**

앞서 말했듯 이건 아동문학이었…고… 지금도 저연령대 독자에게 인기있는 책입니다만…

솔직히 읽다 보면 의문이 좀 자주 듭니다.

어린애가 보기엔 사망률이 너무 높고

피가 좀 많이 튀고

어두운 심리를 너무 많이 조명해

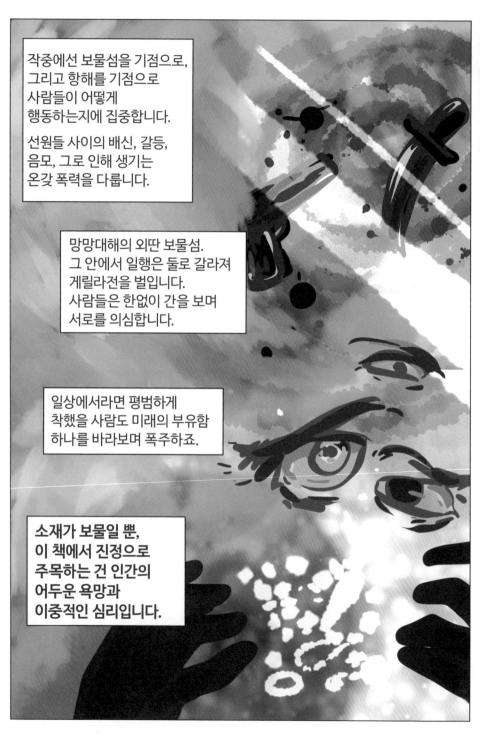

작중에선 보물섬을 기점으로,
그리고 항해를 기점으로
사람들이 어떻게
행동하는지에 집중합니다.

선원들 사이의 배신, 갈등,
음모, 그로 인해 생기는
온갖 폭력을 다룹니다.

망망대해의 외딴 보물섬.
그 안에서 일행은 둘로 갈라져
게릴라전을 벌입니다.
사람들은 한없이 간을 보며
서로를 의심합니다.

일상에서라면 평범하게
착했을 사람도 미래의 부유함
하나를 바라보며 폭주하죠.

소재가 보물일 뿐,
이 책에서 진정으로
주목하는 건 인간의
어두운 욕망과
이중적인 심리입니다.

그만큼 이 책의 빌런은 지금 봐도 역대급으로 매력적이며 입체적인 인물입니다.

어떤 빌런인지는 직접 읽어보기!

조숙한 소년 짐은 이 모험을 겪으며 더더욱 조숙해지고요.

이 보물을 모으느라… 얼마나 많은 무고한 사람이 죽고 고문당했을까…

그가 저승으로 갔기를 바란다. 아무래도 이 세상에서 그가 평안할 방도는 없을 것 같으니.

요점은, 기본 서사는 정석적이되 그림자가 불쑥불쑥 드러난다는 겁니다.

미묘해요. 아동용이라기엔 애매하고 성인이 봐도 지장없는 내용이에요.

그건
이 소설의 원작자가,
《지킬 박사와 하이드》의
원작자이기도 하기
때문입니다.

때로는 인간의 심리가
그 무엇보다 무겁고
진중한 주제가 되죠.

이 리뷰로 관심이
생기셨다면
로버트 루이스 스티븐슨의
다른 단편들도
즐겨주시길 바랍니다!

우주 해적이
숨긴 보물 찾으러
우주로 가도
이럴까요?

더 위험할 걸…?

《보물섬》리뷰- 끝

보물섬

Treasure Island

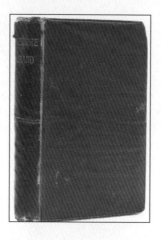

1883년 초판 커버

로버트 루이스 스티븐슨(Robert Louis Stevenson), 292페이지

소년 짐 호킨스는 우연히 얻은 해적의 지도를 따라
보물을 찾기 위한 항해에 나서고,
그 과정에서 교활한 해적 롱 존 실버와 맞서 싸운다.
모험 끝에 그는 정의와 용기의 가치를 깨닫는다.

1883년 출간된 이후 해적 모험물의 전형을 세운 고전으로, 흥미진진한 줄거리와 생생한 캐릭터로 어린이와 성인 모두에게 사랑받아 왔다. 'X 표시가 보물 위치'라는 설정을 대중화시키며 현대 대중문화에도 큰 영향을 미쳤고, 지금까지도 수많은 각색과 패러디로 재창조되고 있다.

6

순수의 시대

그는 자신이 관습을 완전히 무시하고 있다고 생각했지만,
그녀는 이토록 담담하게 대답함으로써
그가 어리석을 정도로 관습에 얽매인 사람임을 다시 한 번 느끼게 했다.

이디스 워턴 저, 손영미 역
문학동네(2022), 319p

찬바람 좀 맞고 싶어.
숨이 막히니까.

그러지 마요.

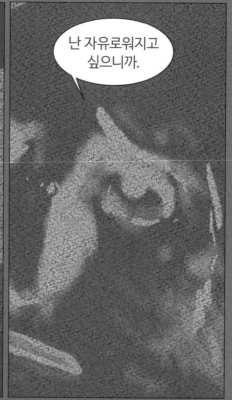

난 자유로워지고
싶으니까.

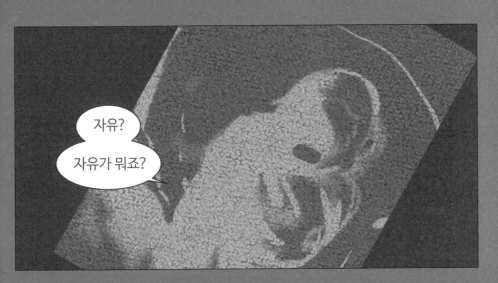

저는 가끔
생각합니다.

제가 지금 하는 행동들을
그대로 과거 높으신 분
앞에서 하다간
지적을 몇 백 개쯤 처맞고
단단히 찍힐 거라고요.

너의 그 자세는
지금 기준으로도
이상하단다

그만큼 현대 사회는
관습에 있어
자유롭습니다.

지금도 머리 아픈
예의범절이
곳곳에 남아 있지만,
몇 백 년 전에 비하면
새발의 피죠.

지금 우리는
저녁식사를 위해
정장을 갖춰 입을
필요가 없습니다.

약혼과 결혼 절차가
매뉴얼마냥 길게
정해진 것도 아니죠.

곧
저녁 시간이니까
갈아입자.

결혼하려면
일단 여기 인사드리고,
무슨 꽃을 이용해서…

처음 보는 사람에게 말을 걸어도
붙임성 있다며 좋게 볼 망정
욕하는 사람은 거의 없고요.

괴상한 잠옷을 입고 침대에서
이상한 자세로 자도 괜찮습니다.
제가 자주 아크로바틱한 자세로
누워서 이렇게 쓰는 건 아니고요.

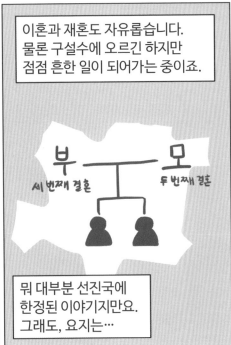

이혼과 재혼도 자유롭습니다.
물론 구설수에 오르긴 하지만
점점 흔한 일이 되어가는 중이죠.

부   모
세 번째 결혼   두 번째 결혼

뭐 대부분 선진국에
한정된 이야기지만요.
그래도, 요지는…

세상이 과거보다
개방적으로
변했다는 겁니다.
그리고 합리적으로요.

때문에 오늘날 사람은
옛날 사람에게 아득한
괴리감을 느낍니다.
사고방식이 뿌리부터
다르니까요.

그만큼 전근대 사람들은 대개 수많은 규제, 관습에 얽매여 살아갔습니다.

특히 상류층이!

왜 상류층이죠? 하류층이 규제가 더 많지 않았을까요?

아, 여기서 말하는 규제는 예절과 규범의 측면을 얘기하는 거라서요.

하류층도 지금에 비하면 매우 보수적이었지만, 상류층만큼 세밀한 예절이 있지는 않았으니까요.

예시) 치맛바람으로 뛰어댕기기

이처럼 상류 사회가 예절에 까다롭다는 건 누구나 아는 진리!

천한 것들인데 그럴 수 있지.

아가씨! 교양 없게 무슨 짓을!

하지만 얼마나,
얼마나 섬세하고
지독하게
까다로운지는
아무도 모르죠.

그들만의 작고 순수한 사회를
유지하고자 얼마나 많은 위선을
흩뿌리는지도요.

오늘날 일반인들이야
알 수가 없습니다.
그 안에서 태어나
자라지 않는 이상은요.

아니면 적어도…

유능한 작가가 그 사회를
샅샅이 묘사해서 누구나
읽을 수 있게 책으로
내놓지 않는 이상은요.

오늘은 그 기회를 맛보려 합니다.

19세기와 20세기를 두루 살아간 미국 작가, 이디스 워튼을 통해서요.

여성 최초로 퓰리처 상을 수상했어요!

Edith
Wharton
1862~
1937

그녀는 20세기 초에 소설 하나를 내놓았습니다.

19세기 말 뉴욕의 상류층 사회가 배경이랍니다.

몇 백 명밖에 안 되는 소수의 가문들이 주도해나간 질서. 폐쇄적인 모임.

애당초 진짜 귀족조차 아니었기 때문에 생겨난 지나칠 정도의 예절, 관습.

모든 게 이 책에 담겨 있지요.

오호, 줄거리는요?

사랑과 전쟁.

우효!!!

그렇습니다.
지금 리뷰할
《순수의 시대》는
상류층의 삼각관계
이야기입니다.

더없이 얌전하지만
따지고 보면 골때리는
젊은 남녀들 이야기죠.

아니 정확히는!
그들이 속한 가문,
사회의 이야기지만요.

일단 책을 펴면 대뜸 19세기 말의
오페라하우스가 펼쳐집니다.

가수는 관습대로 독일어 가사를
이탈리아어로 번역해 부르고 있군요.

그리고 가수가 노래하는 걸
남주인공 뉴런드 아처와,

그 약혼녀 메이가
지켜보고 있네요.

지금 그곳 좌석에는 뉴욕의
상류층 인사들이 모여 있습니다.
다들 오페라 감상은 뒷전이고
조용히 이야기하거나
사람들을 구경하는 중입니다.

그리고 곧,

뉴런드,

아?

엘런 언니예요.

눈에 확 띄는 옷차림을 한 엘런 올렌스카 부인이 등장합니다.

대놓고 말은 안 하지만 그 순간 다들 올렌스카 부인을 주시합니다.

올렌스카 부인은 외국에 시집갔었지만 남편에게 잔인한 짓을 당하고 몰래 도망쳐온 여자입니다. 메이의 사촌이기도 하죠.

얼마 전에 유럽에서 돌아왔다고 해요.

아처는 그 부인을 꺼려하지만-

외국물 먹어서 이질감이 너무 드네.

게다가 결혼했다가 돌아왔다고?

착한 메이가 부탁하는 바람에 앞으로 자주 보게 됩니다.

불쌍한 엘런 언니! 지금 뉴욕에서 겉돌아 힘들 거예요. 당신이 잘 도와줘요.

어으응

혹시 몰라 말씀드리자면요. 자기 남자친구한테 딴 여자 잘 돌봐달라는 식의 얘기는 하지 않는 게 좋습니다.

어쨌든 곧 뉴런드 아처와 올렌스카 부인은 대화할 자리가 생깁니다.

부인, 저 기억나죠? 어릴 때 자주 같이 놀았잖아요.

네! 정말 오랜만이에요.

여기 돌아오니까 모두 기억나네요. 다들 어릴 적에 뛰어놀던 모습이랑…

정말이지 수백 년 만에 뉴욕에 돌아온 느낌이에요. 죽어서 천국에 온 것 같아요.

비유가 왜그래

다들 겉으로는 친절해서일까요? 올렌스카 부인은 고향에 온 게 매우 즐거워 보입니다.

뉴런드와 메이는 관례대로 주변에 약혼 소식을 조금 늦게 알리려 했습니다.

하지만 엘런 올렌스카가 출현하자 그녀에게도 알릴 겸 약혼 공개를 앞당기게 되죠.

언니에게는 당신이 알려줘요.

뉴런드와 메이의 결합은 정석적이었습니다.

둘 다 좁디좁은 뉴욕 사교계의 주요 가문에서 태어났고 일찌감치 서로 교류했습니다. 또한 그 속에서 보수적으로 교육받았습니다.

아처는 메이의 순수하고 상냥한 면모에,

메이는 아처의 지적이고 낭만적인 면모에 빠지게 되었죠.

그들에게, 자유로운 엘런의 모습은 이해할 수 없는 것이어서…

불쌍한 엘런 언니,
하지만 아무리 배우자가
이상해도 이혼은
수치스러운 거야.
여기서 좀 추스리고
남편에게 돌아가야겠지.

관례에 따르지 않는
차림새도 솔직히
거슬리지만, 그건
외국에서 오래 산
탓이겠지.

각자 피상적으로
생각할 뿐입니다.

어렸을 때 엘런은
눈에 띄게 예쁜
아이였어.
지금은 고생해서
빛이 바랬지만
그래도 미인이지.

문제는 사고방식이야.
오페라하우스에서도,
약혼을 발표한
무도회에서도
솔직히 그녀 행동은
무례했어.

너무 과감하고
이해할 수가
없다니까.

사교계의 전통적인 여식이 내 약혼녀라 다행이야.

사랑해, 메이.

보기 좋게 소수의 인물이 주도하는군요!

이번에는 인물 소개로 줄거리를 대신하겠습니다.

1. 뉴런드 아처

우리의 주인공입니다. 뉴런드는 유서 깊은 아처 가문의 일원이고 하버드를 졸업한 엘리트입니다.

현재는 법률 사무소에 근무하고 있죠.

물론 돈 벌려고 진지하게 일하는 건 아니고요.

생계를 위해 일하는 건 우아하지 못하다고!

보다시피 작위만 없을 뿐 귀족이나 마찬가지입니다.

사실 그 작위가 가장 중요한 거지만요.

이거 저거 다 따지지만 결국 돈 많은 젠트리 계급이구만.

겉으로 보기에 뉴런드는 신사, 로맨티스트입니다. 문학과 예술, 여행을 사랑하고 독서를 즐깁니다.

게다가 약혼녀를 극진히 챙기죠.

매일같이 은방울꽃을 선물해주다니 정말 기뻐요!

다만 이 사랑은 19세기 남성다운 사랑입니다.

뉴런드는 메이를 자기 소유 보물 정도로 생각하고 있거든요.

역시 내 여친! 최고로 예쁘고 순수해!

결혼하면 최고로 교양 있는 부인으로 만들어야지.

공연을 볼 땐 건전한 대사만 골라서 설명해줘야지.

뭐, 이 당시엔 다들 이러고 살았으니까요.

저런 나쁜! 메이가 저 본심을 알면 얼마나 상처받겠어!

메이는 저걸로 상처 안 받아요. 온실 속 규수로 길러진 애라서 저걸 기꺼이 사랑으로 받아들입니다.

좋은 아내가 되어 사랑받는 게 최고의 행복!

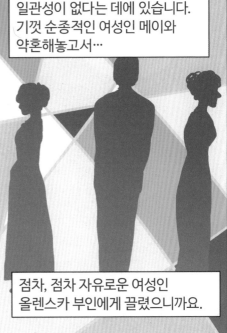

뉴런드의 진정한 부조리는 일관성이 없다는 데에 있습니다. 기껏 순종적인 여성인 메이와 약혼해놓고서…

점차, 점차 자유로운 여성인 올렌스카 부인에게 끌렸으니까요.

내 집에 어서 와요. 대저택보다는 예술가들이 사는 소박한 거리가 좋아서 이곳에 머물기로 했어요.

그녀가 마음에 안 든다.

언제 절 보러 와요! 알았죠?

그녀가 마음에 안 든다.

프랑스의 시와 그림은 어떻냐면요—

그녀가…

너무 재밌는 여자라서 미치겠네 이거!

게다가 처연한 게 보호본능도 자극해!

뉴런드가 지조 없는 남자라는 건 언제부터 드러났을까요?

지난날 유부녀와 사귀었던 것?

예술과 자유를 사랑하면서 애써 사교계의 구식 신사인 척 살아온 것?

아니면…

애초에 엘런이 올렌스카 부인이 되기 전에, 그녀와 결혼하지 않은 것?

무엇이 시작이었든, 이미 일은 꼬여버렸습니다.

그리고 이 갈팡질팡하는 남자는 두 여자 사이에서 결단을 내려야 합니다.

이제 이 남주인공 때문에 팔자 좀 꼬인 두 여자도 보셔야죠?

2. 메이 웰런드

앞으로 마음고생 많이 하게 될 메이입니다.

뉴런드와 막 약혼한 아가씨이고 얼마 전 22살이 되었습니다.

뉴런드와 그 또래인 엘런에 비해 한참 동생이죠.

메이를 한 마디로 요약하자면 '19세기 규방 규수'입니다. 어릴 때부터 상류층 가문에서 극히 보수적인 교육을 받았죠. 그야말로 온실 속 화초입니다.

뉴런드. 우리가 결혼하면 행복할 거예요.

사교계의 전통대로 처신해야 해요. 너무 격 낮은 사람들과는 어울리지 말고…

그렇다고 아무것도 못 하는 건 아니고요. 주부나 아내로서는 훌륭합니다.

신부 수업을 철저히 받았고
기꺼이 좋은 아내가 되려 하죠.

훌륭한 아내라면
남편의 쿠션에
직접 수를 놓는 게
당연해.

대놓고 남편한테
불평하면 안 되지.
그건 예의가 아닌걸.

그러나 정말이지
그게 다입니다.

메이,

이 시 좀 봐.
어떤 생각이
들어?

아…!

잘 쓴 시네요…

시적 화자가 이런이런 의도로 말한 것 같지?

당신 말이 맞아요!

메이, 우리가 머나먼 유럽을 함께 거닌다고 생각해봐.

너무 멋져요!

그래, 실제로 그렇게 살자니까?

아, 방금 말한 걸로도 그냥 충분히 멋진데… 굳이 피곤하게 여행을…

뉴런드 말마따나, 메이는—

정말이지 믿을 수가 없다. 모든 경험이 그녀 안에 스며들지 못하고 훅훅 떨어져 내린다는 게!

사람이 방수처리가 되어 있어. 어떻게 이러지?

그야말로 무미건조한 현모양처입니다.

만약 뉴런드가
무심한 사람이면
저는 저 말이…

약혼녀를 좀 더
잘 알아보지 못해서
뱉은, 편견 섞인
말이라 생각할
텐데요…

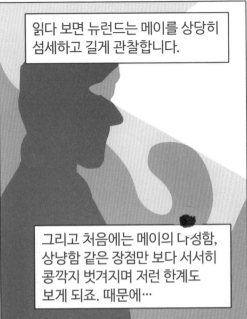

읽다 보면 뉴런드는 메이를 상당히
섬세하고 길게 관찰합니다.

그리고 처음에는 메이의 나성함,
상냥함 같은 장점만 보다 서서히
콩깍지 벗겨지며 저런 한계도
보게 되죠. 때문에…

제 생각엔…
메이가 정말로
무미건조한 게
맞습니다.

폐쇄적 신부수업에
완전히 매몰되어
자유를 전혀 꿈꾸지 않고
바라지도 않게 됐달까요.
자기만의 깊은 주관이
없다시피 한 사람입니다.

221

주관 면에서 말하자면,
현대에도 종종 있잖아요?
취향도 의견도 거의 없는
무미건조한 사람들이.

취미는?

음…그냥
유튜브 보기…

관심 있는
문화는?

딱히 없는데…

안락사나
마약에 대해
어떻게
생각하십니까?

어…딱히
의견 없는데…

이런 타입 아닐까
싶습니다.

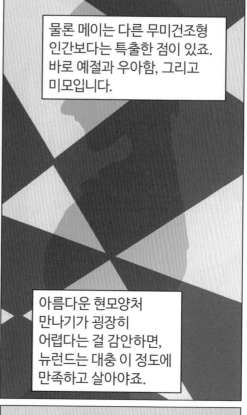

물론 메이는 다른 무미건조형
인간보다는 특출한 점이 있죠.
바로 예절과 우아함, 그리고
미모입니다.

아름다운 현모양처
만나기가 굉장히
어렵다는 걸 감안하면,
뉴런드는 대충 이 정도에
만족하고 살아야죠.

심지어 자기
선택이었잖아요.

아니, 아니!

몰랐다고, 약혼할 때는!

나는 내 취향의 교양과 예술을 많이 알려주고 메이가 그 경험을 받아들이길 바랐어.

그렇게 해서 나와 깊은 의견, 재밌는 대화를 나누길 바랐다고.

나는 몰랐지! 아무리 말해도 빗방울이 옆으로 굴러떨어지는 것처럼 그 경험을 하나도 체화하지 못할 줄은!

흠…

그럼 파혼하시죠…?

이 시대에 약혼이 얼마나 중요한 계약인지 알아? 한 번 했으면 웬만하면 결혼해야 해.

게다가 저건 굉장히 애매한 단점이야. 파혼할 만큼은 아냐.

후…

…

사람 만나는 게 이렇게 어렵습니다, 여러분.

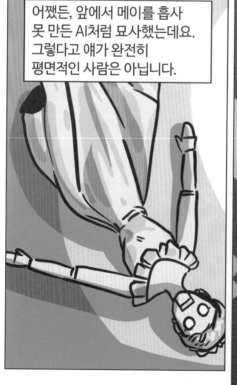

어쨌든, 앞에서 메이를 흡사 못 만든 AI처럼 묘사했는데요. 그렇다고 얘가 완전히 평면적인 사람은 아닙니다.

사교계에서 자라난 만큼 사교계의 부조리도 그대로 품고 있거든요.

아! 그 집안 사람들 참…

엘런 언니는 그렇게 왜 외국인과 결혼해서…?

저는 그 사람들 그다지…

가식과 급 나누기, 은근한 무자비함이 그것입니다.

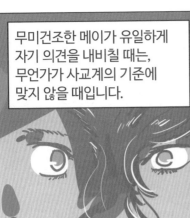

무미건조한 메이가 유일하게
자기 의견을 내비칠 때는,
무언가가 사교계의 기준에
맞지 않을 때입니다.

정든 친척인 엘런 정도가
예외입니다. 하지만
엘런에게마저 갈수록
떨떠름해지죠.

이 시대 뉴욕 사교계의 키워드가
무지와 위선이란 걸 감안할 때,

메이는 사교계를
그대로 인간화한
결과라 할 수
있습니다.

3. 엘런 올렌스카

작가님이
의도한 건지는
모르겠어요.
그냥 저는
그런 생각이
들었습니다.

처음부터 독특한
분위기로 등장하는
올렌스카 부인입니다.
일찍 부모를 여의고
오랜 외국 생활을 하여
개방적인 성향이죠.

메이가 사교계 자체이고
뉴런드가 어중간하게
발을 걸쳤다고 치면,
엘런은 완전한 외부인
포지션입니다.

225

어릴 때 뉴런드와 가까이 지냈지만 유럽으로 시집가며 멀어진 사이죠. 작중에선 항상 차분한 태도를 유지합니다.

눈물이 다 말라버렸거든요…

나중에 나오지만, 한때는 뉴런드와 결혼할 낌새까지 보였다고 하네요.

난 너희 둘이 이어질 줄 알았지!

메이와는 사이좋은 사촌 지간이지만-

올렌스카 부인이 본격적으로 남편과 이혼을 시도하고, 남편이 돌아오라며 협상해도 거절하자 차차 껄끄러운 사이가 됩니다.

이혼?
무슨 기겁할
소리야!
안 되지!

이 시대 미국에서
이혼은 합법적인
절차잖아요?

그렇다고 진짜로
이혼해버리면
주변에 수치야!

실제로 그녀의
이혼 시도는
좌절됩니다.

이걸 직접적으로 막은 사람은…

남편과 살 때의
제 상황을 아시나요?
저는 자유로워지고
싶어 이러는 거예요.

예술과 자유를 사랑하면서도
사교계의 부조리가 내면화된
안일한 사람.

압니다. 알아요.
하지만!

그리고 올렌스카 부인이
내심 사랑하던 사람.

바로 뉴런드 아처입니다.

남편이 이 소송에 맞서기 시작하면 부인에 대해 근거 없는 풍문이 떠돌 수 있어요.

이혼은 하면 안 돼요.

…알았어요. 당신 말대로 할게요.

날 사랑하지 않는구나…

나도 이러기 싫어.

하지만 나더러 올렌스카 부인의 이혼 소송을 취하시키라고 온 사교계가 압박하고 있는걸.

근본 원인은 사교계의 폐쇄성이었습니다.

하지만 결국 이 순간이 뉴런드가 파혼하고 올렌스카 부인이 이혼해 둘이 제대로 이어질 마지막 기회였다는 걸 생각하면,

뉴런드의 수동적인 처세가 모든 재앙을 만든 거죠.

솔직히 리뷰하면서 뉴런드를 어떻게든 포장해주려고 했거든요?

근데 갈수록 힘들어지고 있어요. 얘는 뭐 하는 게 아무것도 없네요. 나이 서른 먹은 남자가 환경 탓하는 것도 정도껏이죠.

어쨌든 올렌스카 부인은 메이와 정반대로 관습에서 벗어난 존재, 자유로운 존재입니다.

이혼하지 마세요.

동시에 관습의 가장 큰 희생자이기도 합니다.

남편에게로 돌아가세요.

돌아가지 않을 거면 남의 정부로 살 수밖에.

본인이 살고 싶은 곳 말고 본가 저택에 살아요.

조용한 압박 속에 엘런 올렌스카는 사교계의 실체를 알게 됩니다.

다들 나를 좋아하는 줄 알았어요.

전부 가면이었군요.

결국 불륜물인 건 맞아요, 맞는데,

뭐랄까, 되게 압박적이고 거시적인 불륜물입니다.

살면서 이렇게까지 남녀 둘 다 사회적 압박에 철저히 얽매여 어정쩡하게 불륜하는 작품은 처음입니다.

그럼 특징을 볼까요? 등장인물 파트에서 중요한 걸 다 말했으니 짤막하게만 짚겠습니다.

이 책의 키워드는 하나뿐입니다.

바로 **'섬세함'**입니다.

특징 1. 세세하고 회화적인 묘사

긴 말 필요 없습니다.
직접 보시겠습니다.

무대 앞은 각광이 설치된 곳까지
진한 녹색 천으로 덮였고
크로케 후프로 틀을 만든 푹신한
이끼 더미에 꽂힌 오렌지나무
관목들은 빨간 장미와 분홍 장미가
달린 채 가운데서 대칭을
이루며 서 있었다.

불타는 석양은 애덤스 요새의
잿빛 성채 너머에서 수천 개의
불꽃으로 쪼개졌고 그 불빛은
해변과 라임 록 사이를 지나가는
외돛대 범선의 돛을 붉게 물들였다.

닐손 부인은
하얀 캐시미어 드레스를 입고서
청색 비단 띠를 두른 푸르른 장식 치마에
레티큘을 매달았고 금발 머리채에
모슬린 슈미제트를 달아 양쪽으로 드리운 채
열렬한 구애에 귀 기울이고 있었다.

전반적으로 문장이 좀 깁니다.

그리고 다들 잘 사는 분들인 만큼, 의상 묘사가 엄청나게 섬세합니다. 모임마다 패션쇼 한 번씩 하는 수준이에요.

풍경과 실내 묘사 역시 하나하나 놓치지 않고 다 말합니다. 영화가 필요 없을 정도로 자세하게 무슨 상황인지 다 그려지죠.

좋게 말하면 묘사력 뛰어나고 회화적인 거지만…

여기서부터 독자는 직감할 수 있습니다.

이 작품이 시원시원함과는 거리가 멀다는 걸요.

특징 2.
자유가 없는 섬세함

작중에선 주연들 외에도 뉴런드의 어머니와 여동생, 메이의 부모님, 주변 여러 가문 사람이 등장합니다.

이들의 감정선은 섬세합니다. 서로를 늘상 주시하며 조심스레 행동합니다. 사람과 사람 사이는 은근합니다. 나쁘게 말하면 음습해요.

다들 짐짓 알아듣고 짐짓 눈치 주고, 서로를 조용히 판단합니다.

《오만과 편견》은 이 작품에 비하면 정말 순한맛입니다.

아싸인 저는 《오만과 편견》 때도

나라면 이런 거 하나도 눈치 못 챌 텐데…

이랬는데요.

《순수의 시대》 읽고는 그냥 절망했습니다.

여기 떨어지면 그냥 히키코모리로 사는 게 좋겠어

있는 돈 아껴 쓰면 어떻게든 될 거야

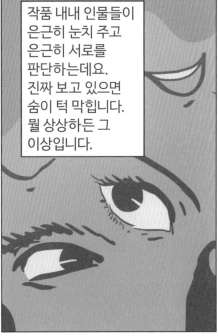

작품 내내 인물들이 은근히 눈치 주고 은근히 서로를 판단하는데요. 진짜 보고 있으면 숨이 턱 막힙니다. 뭘 상상하든 그 이상입니다.

어느 정도냐면-
저는 정말이지,
읽으면서,
이 책 속 인물들이
미국인이란 걸
믿을 수가
없었습니다.

작중 인물들은 오늘날 널리
알려진 직설적, 외향적
이미지의 미국인이 아닙니다.
그들은 철저하게 가면을 쓰고
살아갑니다.

너무나도 철저하게
모든 것에 규범이 있고

여자는 청혼을 승낙할 때
'괜찮아요'라고 말해야 하고,
파티에서 스스로 일어나
다른 사람에게 가면 안 되며,

정장 입을 때
검은색 타이를
매야 할 시기는
따로 있으며,

신혼부부가
첫날을 지낼 장소는
그 부모만이 아는
비밀이다.

여행 중에
처음 보는 사람에게
먼저 말을 걸면
안 된다.

철저하게 모든 것에 사람의 판단 요소가 있습니다.

외모와 센스도 중요하지. 또한 규범을 알고 똑똑해야 해.

그리고 좋은 가문 사람이어야 하지. 사생아면 당연히 안 되고.

신흥 사업가? 졸부잖아. 천박해.

오히려 동시대 영국의 젠트리 계급은 나름 개방적이었습니다. 뉴욕 상류층이 더 심하게 따져가며 행동했습니다.

역사가 짧다는 열등감인지, 실제로 자신들이 귀족은 아니라는 걸 의식해서인지는 몰라도요.

이쯤에서 우리는 새로이 인식하게 됩니다.

옛날 미국은 상상을 초월하게 보수적이었구나…?

하지만 미국은 오랫동안 자유주의를 표방했잖아. 그런 나라의 상류층이 누구보다 답답하고 폐쇄적이었다니?

이렇게 아이러니할 수가…

이 부분은 독서하며
생각하시면 됩니다.

어쨌든 문학의
중요한 장점은
그 나라 국민들의
사고관을 보여준다는
거니까요.

특징 3.
규범에 매몰된 마지막 세대

하지만 여기까지입니다.

이 좁디좁은 사교계는
영원하지 않습니다.
세상엔 변화의 바람이 불고
신세대가 자라납니다.

뉴욕이
예전 같지 않죠,
뉴런드…

으음…

가문보다 개인의 역량이,
무엇보다 자본이 중요한
시대가 다가옵니다.

이러다가
한 세대가
지나면,

이곳 자제분들도 졸부 댁 사생아와 결혼하겠어!

에이 설마~

숨막히는 규범의 시대는 이미 종말을 맞이하고 있습니다. 근대는 물러가고 현대가 다가옵니다.

《순수의 시대》가 가치 있는 이유는 단순히 막장 관계 때문이 아닙니다. 뉴욕의 '순수'한 사교계에서 살아간 마지막 세대를 조명하기 때문입니다.

메이와 뉴런드와 엘런은 변화하기 이전 마지막 사람들입니다.

간접적인 표현, 극히 보수적인 교육, 계급간, 남녀간이 철저히 구별되는 시대…

머지않아 미국은 진정으로 현대화될 것이고 향락에 젖어들 것입니다.

그러므로 이 책은 빛 바랜 흑백 사진처럼,

과거의 한 시대를 기록할 뿐입니다.

그리고 우린 다음 리뷰에서 알아볼 겁니다.

반 세기 동안 미국이 얼마나 극적으로 변했는지.

《순수의 시대》 리뷰– 끝

순수의 시대

The Age of Innocence

1920년 초판 커버

이디스 워튼(Lewis Carroll), 300페이지

뉴욕 상류층 청년 뉴랜드 아처는 약혼녀와의 결혼을 앞두고
자유로운 사고방식을 지닌 엘렌과 사랑에 빠진다.
그는 개인적 욕망을 억누르고 사회적 책임을 선택한다.

구시대적 규범과 근대적 자아 사이의 갈등을 섬세하게 그린 작품으로, 1921년 여성 최초로 퓰리처상을 수상했다. 미국 고전문학의 대표작으로 평가되며, 상류층 사회의 위선과 억압된 감정을 날카롭게 묘사했다.

7

위대한 개츠비

희망, 그 낭만적 인생관이야말로
그가 가진 탁월한 천부적 재능이었으며,
지금껏 그 누구도 갖지 못했고 앞으로도 그러할 성질의 것이었다.

프랜시스 스콧 피츠제럴드 저. 김영하 역
문학동네(2013), 13p

너무나, 너무나 유명한 작품입니다. 고전문학의 대표격이 될 정도로 유명하죠.

전 처음 들어요!

미안

실제로 읽어 보신 분도 꽤 많을 겁니다. 두꺼운 책이 아니거든요!

누구나 맘먹으면 며칠 안에 해치울 수 있을 만한 두께죠.

약 220페이지

그렇게 읽은 사람 중 일부는 실망하며

재미없잖아? 이게 왜 위대해?

일부는 고전의 전형이라 평가하고

디킨스랑은 종류가 다르지만 이것도 고전 하면 흔히 떠올리는 문체네요!

일부는 좀 심하게
좋아합니다.

우주명작 그 자체!
GOAT입니다 선생!!

개츠비를 세 번
읽어봤다고?
그럼 나랑
친해질 수 있지!

참고로 저는, 완독 후
어떻게 느꼈냐 하면…

이게 그 정도로
좋은가?

주접에 대한 반감인지 아무튼
의구심이 자꾸 들었습니다.

아무래도 저는
첫 번째 무리에
가까운 것 같군요.

그래도 여러모로
인상적이었고,
마침내 그 유명한
개츠비를
완독했다는
의의가 있으니-

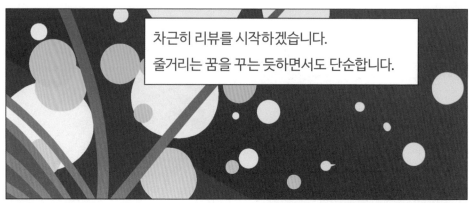

차근히 리뷰를 시작하겠습니다.
줄거리는 꿈을 꾸는 듯하면서도 단순합니다.

모든 것은 1920년대의
미국인 청년 '닉 캐러웨이'의
시선에서 서술됩니다.

잘 나가던 시대의
독신 남자!

Gatsby

그러나 이야기의
주인공은 닉이
아닙니다.

신비롭고 부유한 신사,
개츠비가 모든 서사의
중심에 있죠.

닉은 예일대 출신 인텔리입니다.

1차 대전이 끝나고 금주법이 시행된 지금, 닉은 증권계에 종사합니다.

뭐… 나 하나 받아줄 자리는 있겠지…?

미국이 정말이지 흥청망청하게 흘러가던 시기입니다.

전쟁에서 이겼고! 재즈의 시대고! 돈은 많고!

아직 대공황은 안 왔고! 더 큰 전쟁도 아직 안 왔고!

이럭저럭 살아가는 닉은 개츠비라는 미지의 신사와 이웃이지만-

한 번도 그를 만난 적은 없습니다.

보통 이러면 개츠비 자체가 끝까지 안 나오거나 상상의 존재던데요?

짜증나는 클리셰를 말씀하시는군요!

247

그 외에 톰 뷰캐넌이라는
지인이 있습니다.
예일대에서 미식축구
선수로 유명했던 친구죠.

닉은 톰을 딱히 좋아하지 않지만
톰은 닉에게 자꾸 앵기는데요.
진짜 진심으로 친해지고 싶어 해서
보다 보면 당황스럽습니다.

관찰자는 기본적으로
호감형인 것이다!

보통 미식축구 하면
떠올리듯 근육 덩어리에
마초적인 남자입니다.

그리고 닉의 친척, 데이지가 있습니다.
부유한 집안에서 자라난 매력적인 여성입니다.

말 한마디 한마디 할 때마다 머릿속에
아무것도 안 들었단 게 보이지만…

외모 & 목소리 &
필력 보정으로
더없이 아름답게
느껴지는 여자입니다.
읽으면서 정말
여러 생각이 듭니다.

걔가 나 좋대?

우리 시내 가자!

멋지다!

외모가 이렇게
중요하구나

글로 포장하는 게
이렇게 중요하구나

그러고보면 고전문학이 더
외모지상주의인 셈이죠.

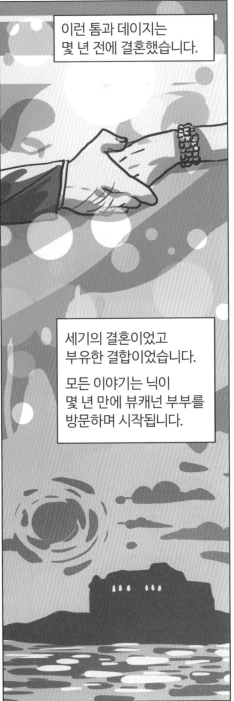

이런 톰과 데이지는
몇 년 전에 결혼했습니다.

세기의 결혼이었고
부유한 결합이었습니다.

모든 이야기는 닉이
몇 년 만에 뷰캐넌 부부를
방문하며 시작됩니다.

이봐 닉!
놀러 좀 오라고!

팔자 좋게 요트 여행이나
다니는 톰은 여전히 거칠었으며…

데이지는 몽환적인 방에서
할 일 없이 고급 소파에
늘어져 있습니다.

닉!

나 너어무 행복해,
진짜야.

이들의 지인인 조던 베이커 양은
곁다리로 방문해 퉁명스럽게
있었고요.

저 사람이 닉?
생긴 건 괜찮네.

베이커 양은 앞으로도
조연으로 자주 등장합니다.

뷰캐넌 부부는 미 동부의 부촌,
이스트에그에서 살고 있었습니다.

직업도 없이 권태롭게, 이따금
사치스러운 취미를 즐기며 말이죠.

웨스트에그에 사는 닉은 이 둘의 피상적인 행복을 봅니다.

대화가 활기차지도 않고, 뭣보다 일관성 있게 세 문장 이상 이어지질 않아…

데이지는 언제나처럼 상대를 홀리는 달콤한 목소리를 내고 웃는다.

우리 딸 봐야지, 닉! 벌써 세 살이야.

하지만 정말로 행복할까?

전화하고 올게.

…

톰은 따로 애인이 있어요. 그리고 그녀와 자주 전화하고요.

아! 이런…

돈이 많고 조금 바보라 해서 항상 행복한 건 아니었습니다. 데이지도 남편이 바람 피우는 건 싫었으니까요.

톰은 자주 어딘가 여자한테 가 있었어… 내가 딸을 낳은 날에도.

내 딸도 그냥 바보가 되는 게 나을 것 같아.

이런 대사만 보면 못된 남편한테 일침 가하는 내용 같지만 그건 또 아닙니다. 이 작품의 기묘한 점 중 하나입니다.

그러던 어느 날 닉은 옆집 개츠비에게서 파티 초대장을 받습니다.

오호?

개츠비는 사업으로 엄청난 부를 이룬 유명인사였습니다. 그리고 매일같이 집에서 흥청망청 파티를 열고, 많은 사람들이 마음대로 들어와 그것을 즐겼습니다.

파티의 주최자인데도 얼굴을 드러내지 않았기에 사람들은 개츠비가 누군지 몰랐습니다.

닉은 그 많은 손님 중에서 유일하게 초대장을 받은 사람이었습니다.

아, 닉. 여기서 만날 것 같았죠.

반가워요, 조던.

개츠비는 어떤 사람이래요?

글쎄요. 아무도 모르죠.

옥스포드를 나왔다는데 왠지 거짓말 같고요.

황제와 친척이란 말도 있고, 별별 신화가 다 있어요.

아마 나이든 묵직한 신사겠죠?

하하!

미안하네, 내가 개츠비야.

에엑?!

닉의 예상과 달리 개츠비는 닉 또래의 젊은 남자였습니다.

신사의 예절을 갖췄지만
엄청난 카리스마도 없고
배경조차 불투명한…

사치스러운 집에서
사치스러운 파티를 자주 여는,
불가사의한 남자.

왜 이 짓거리를?

게다가 역시
이유는 모르겠지만
닉과 친해지고
싶어 합니다.

이보게, 친구!
점심 같이 할까?

내 개인 비행기로
한바퀴 돌아 볼래?

내 끝내주는 차 타고
같이 드라이브할까?

마성의 남자 닉에게는
이 책의 모든 등장인물이
달려들어 치대는군요.

다행히 그 이유는 머지않아 나옵니다.

데이지를 위해서였어.

데이지와 이 집에서 같이 살기 위해서.

5년 전의 그 관계를 되찾기 위해서.

닉, 내가 성공하고 대저택을 지은 모든 이유는, 오로지 데이지를 얻기 위해서였다네.

그러니 이보게, 나 좀 도와줄 수 있겠나?

데이지를 자네 집에 초대해줘.

나와 그녀가 자연스럽게 만날 수 있도록 자릴 마련해주게.

유부녀한테
왜 그래?

전남친이
갑자기 찾아오면
데이지 심정은
어떻겠어?
이게 맞는 걸까?

하지만 이제 와서
착한 척하기엔,
이미 난 톰의
불륜파티에도
간 적이 있다!

요약에선 은근슬쩍
생략해버렸지만!

그래, 도와주지…

고맙네!!

그럼 지금부터
자네 집 잔디 좀
깎으러 가겠네!!
그리고 인테리어용
꽃 화분을 50개쯤
주문하겠네!!

내 집을 화원으로
만들 작정인가

실제로 개츠비는
데이지와의 재회가 다가오자
갑자기 10대 소년처럼
안절부절못합니다.

일은 언뜻 순조로워 보였습니다.

아름답게 장식한 집에서
개츠비와 데이지는 재회했고-

개츠비는 자신의 성공을
데이지에게 마음껏 과시합니다.

이거 봐!
이게 내 집이야!

이건 다
최고급
옷감이고!

피아노 연주 시작해!

이게 더 고전적인
작품이었다면,
이 타이밍에 히로인이

어…
고맙긴 하지만
이런 사치는
필요 없어요.

난 당신만
있으면 돼요.

이런 반응이겠지만,

데이지는 그런 거 없습니다. 그냥 다 좋아합니다.
이 작품은 이미 20세기 초반에 클리셰를 깨버렸습니다.

이렇게 아름다운 집,
아름다운 셔츠는
처음이야아아

물론 그 과정에서 뭔가
많은 걸 느낀 것 같지만-

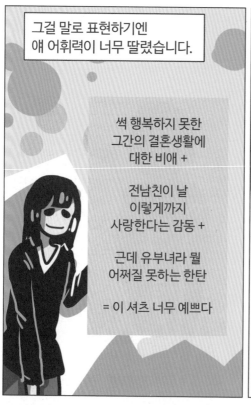

그걸 말로 표현하기엔
얘 어휘력이 너무 딸렸습니다.

썩 행복하지 못한
그간의 결혼생활에
대한 비애 +

전남친이 날
이렇게까지
사랑한다는 감동 +

근데 유부녀라 뭘
어쩌질 못하는 한탄

= 이 셔츠 너무 예쁘다

어쨌든 개츠비는
1단계 목표를
일단 이룬 겁니다.

좋아, 데이지가
나를 사랑하는 건
확실해.

다음 목표는 뭐야?

그야 물론…

데이지가 톰 뷰캐넌에게

당신을 한 번도 사랑한 적 없어.

라고 한 다음 이혼하고,

이 저택에서 나와 영원히 행복하게 사는 거지!

비록 우리는 길을 좀 돌아왔지만! 결국 사랑을 쟁취하는 걸세, 닉!

5년의 변화 따위는 없던 걸로 되돌릴 수 있어!

와…

참 위대하다

*실제로 이 타이밍에 이런 대사가 나오진 않습니다.

이제는 남의 아내가 된 옛 여자친구를 되찾고자 자본의 화신이 된 개츠비.

과연 그의 운명은 어떻게 될까요?

특징 1. 미려하고 종잡을 수 없는 문체

바로 특징으로 가겠습니다!

피츠제럴드의 문체는 사람들이 고전문학 하면 떠올릴 수 있는 그런 문체입니다.

서정적인 표현을 자주 쓰고 과거와 현재 시점을 곧잘 왔다갔다하며 매 순간의 분위기에 집중하죠.

직접 보실까요?

잘 썼습니다. 좋아하는 사람은 정말 좋아할 문체입니다.

아름다워!

버릴 문장이 단 하나도 없어!!

마치 영화 속 패스트모션마냥 무섭게 자라나는 나뭇잎과 햇빛 속에서, 나는 새로운 삶이 이 여름에 다시금 시작되고 있다는 친숙한 확신에 사로잡혔다.

잠깐 전 우주를 직면한 후 이제는 불가항력적으로 편애할 수밖에 없는 당신에게 집중하고 있노라는 그런 미소였다.

근데 뭐랄까… 저는 굉장히 애매하다고 느꼈어요.

데이지는 황홀경에 빠져, 중세 봉건영주의 저택과 같은 건물의 실루엣을 찬양하고, 수선화와 산사나무와 그윽한 자두꽃 향에 취하고, 덩굴꽃의 은은한 황금빛 향기에 매료되었다.

작품 속 문장은 별로 길지 않습니다.
표현은 미려하고 꿈꾸는 듯합니다.
훅훅 읽히면서 몽롱한 낭만에 차 있습니다.

이걸 반대로 말하면 단단함이
안 느껴진다는 거예요.

구름 속이나 솜사탕 속처럼
뭉실뭉실 떠다니는 느낌이
계속 유지됩니다.
밀도가 안 느껴져요.

그렇다고 실제로
밀도 없는 내용은
아니다!

이건 이따가 따로
말씀드리겠습니다.

게다가 작품 배경은
20년대 미국입니다.
이 시대의 향락 때문에
독자는 더욱 몽롱해집니다.

사치. 파티.
멍하게 앉아 있는 인물들.
취하는 인물들…

인물들의 대화도 딱히
구체적이지 않아요. 즉흥적이고
대체로 감정에 치우쳐 있습니다.

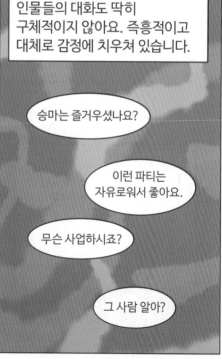

승마는 즐거우셨나요?

이런 파티는
자유로워서 좋아요.

무슨 사업하시죠?

그 사람 알아?

결과적으로, 가독성이 좋은 것 같으면서도 안 좋아요. 한번 쭉 읽고서도 앞부분을 자꾸 다시 읽게 됩니다.

하지만 이런 문체는 《위대한 개츠비》에 어울립니다. 주인공 개츠비의 모습에도 어울립니다.

이 작품은 낭만을 위한 헌사이고,

낭만을 향한 비웃음이니까요.

이 부분은 다음 특징에서 마저 보겠습니다.

특징 2.
자본주의적 낭만

여자 하나를 바라보고 성공한다는 건 오히려 고전적이지 않나요?

그 성공이 용을 잡는다거나 왕이 되는 게 아니라 사업적 성공이라는 점 때문에 그렇습니다.

철저히 자본주의적 성공이고 현대적인 성공이잖아요.

게다가 순전히 부를 과시하여 히로인의 사랑을 되찾고 히로인은 또 거기에 넘어간다는 게…

제 생각엔 좀 근본적인 뒤틀림이 있습니다.

특징 3에서 이어가겠습니다.

특징 3. 부조리한 전개

제아무리 고전 작품들이 플롯만 딱 요약하면 없어보인다지만…

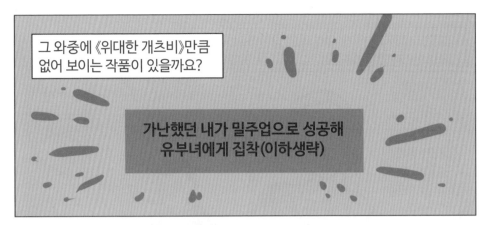

그 와중에 《위대한 개츠비》만큼 없어 보이는 작품이 있을까요?

가난했던 내가 밀주업으로 성공해
유부녀에게 집착(이하생략)

말하고 보니 이것만큼 없어 보이는 작품이 몇 개 생각나네요.

여튼!

금각사

이 작품은 이성을 갖고 객관적으로 보면 처음부터 끝까지 한숨이 푹푹 나옵니다.

후반부도 그래요?

후반부가 더합니다.

5년 전까지 평범한 군인이었던 개츠비는 데이지 하나를 바라보고 벼락부자가 됩니다.

심지어 데이지는 이제 유부녀고 남편과의 사이도
그리 나쁘지 않은데도요.

바람피우는 건
싫지만 평소엔
친절하고…
이혼할 정도는
아닌걸…

내가 한눈팔 땐
있어도
결국 당신에게
돌아온다고!

이런 데이지와
재회한 개츠비는
완전히 자기 것이
되라고 독촉합니다.

남편에게 말해.

한 번도 사랑한
적 없다고.

데이지는 이에 엄청나게
우유부단하게 대응합니다.

에?
그래야 해…?

남편인 톰은 또 굉장히
여유롭고 쿨하게 대처하고요.

흐음 그래?
데이지, 그때도
날 사랑 안 했어?

아…아니…

꼬라지가
웃겨진다고요.

그래서 닉이 개츠비더러

위대하네!

라고 하는 건, 비웃음이 섞인
복잡한 감상이란 생각도 듭니다.

단순하게 이상에 매달린 결과가
이렇게 된 건 참 아이러니하죠.

이것만으로도
진짜 좀
이상한데요…

개츠비의 사고를 들여다보면
더 깊은 부조리가 있습니다.

그리고 내가 좋아하는
그녀는 부유함 그 자체.
돈이 느껴지는 여자다.

가난이 싫었다.
성공하고 싶었다.

그녀에게 꿇리고 싶지 않으니
나는 더더욱 성공하고 싶다.

그를 뒷받침한 의지는
경제적 열등감이었습니다.
부유한 여성을 사랑하며
품은 선망, 소유욕이었죠.

그리 건강한 의지가
아니었습니다.

결과적으로 개츠비는 고전 하면 흔히 떠올리는 정신적 가치가 아니라 물질적 가치를 내세우며 구애했습니다.

물론 개츠비 딴에는 데이지를 진심으로 사랑했을 겁니다.

하지만 그 방식이 너무도 물질적이에요. 보다 보면 데이지의 반응 하나에 엄청난 소비가 왔다 갔다 합니다.

생각 없는 데이지는 여기에 끌립니다. 그러면서도 그에 맞게 보답하지는 않죠.

데이지가 파티를 재미없어 하네. 오늘부터 파티 다 취소!

의지,

희망.

이 작품은 8할의 부조리와
2할의 의지로 이루어져 있습니다.

**특징 4.
사실 고전적 요소 투성이?**

앞부분 특징에
이의 있습니다!

읊조려 보세요.

사실 이거
스토리 자체는
되게 고전적이지
않아요?

그래서 이 작품을 사치, 자본으로만 파악하기엔 무리가 있다고 봐요.

계급과 시간을 뛰어넘은 개츠비의 의지, 사랑도 중요하잖아요.

일리가 있고요…

사실 닉도 비슷하게 생각해서 개츠비에게만큼은 존경을 표했을 겁니다.

자네 빼고는 다 버러지들이야!

영화판 OST인 Young and Beautiful도 개츠비와 데이지의 사랑에 집중한 음악이고요.

내가 젊고 아름답지 않아도 여전히 날 사랑할 건가요?

내가 부유하고 힘이 있지 않아도 여전히 날 사랑할 건가요?

개츠비 입장에서 부른다면 이런 가사가 될 것

277

그런 면에서 보면
납득이 됩니다.
왜 이 책이 꽤나
현대적인 작품임에도
고전의 대명사가
되었는지요.

너무 순순히
인정해서 허무해…

저도 의식은
하고 있던
부분이었으니깐ㅎ

특징 5.
복선, 암시

앞에서 문체가
뭉실뭉실하다고
했습니다만,
그것과 별개로 이 작품은
굉장히 탄탄합니다.

인물이 지나가면서 한 말들,
행동들이 전부 다 복선으로
활용되고 탄탄하게 회수되죠.

윌슨! 내 차는
자네한테
팔 거라니까!

언뜻 아무 말만 하고
아무 행동만 하는 것 같지만
아닙니다. 후반부에서
그 모든 장치가 합쳐져
극적인 결말을 만듭니다.

이미 들었겠지만
나는 옥스포드를
나왔어.

어째 이 말 할 때만
말이 빨라지고
어조가 불안하네…

더워!
우리 다 시내로
나가자!

이 정도만
설명하겠습니다.
모든 게 다 암시고
다 복선이에요.

이 부분에서
피츠제럴드의
천재성이
부각된다고
생각합니다.

마무리하며
영화 이야기를
좀 하겠습니다.

《위대한 개츠비》는
옛날에도, 또 비교적
최근에도 훌륭하게
영화화되었습니다.

영화를 통해
이 작품을 알게 되신
분도 많을 겁니다.

아마 지금 세대 분들은
개츠비 하면 디카프리오
얼굴로 상상하시겠죠.

안타깝게도 이 영화는 원작과 세세하게 비교할 점이 없습니다. 정말 원작에 충실하게 만들었거든요.

다른 점이라고 해봤자…

오호

모든 일이 끝난 뒤 원작보다 닉의 트라우마가 심해져서 정신과 상담을 받는다는 점.

근데 이건 아마 닉의 1인칭 해설을 개연성 있게 시작하려고 만든 장치인 듯합니다.

본인 이야기를 말하고 글로 써보면 치료에 도움이 됩니다.

그렇군요. 그러면 과거 회상을 자연스럽게 시작할 수 있겠군요!

그렇죠!

그리고 원작에 비해 데이지와 개츠비가 진도를 뭔가 더 더 적극적으로 나갔다는 점입니다.

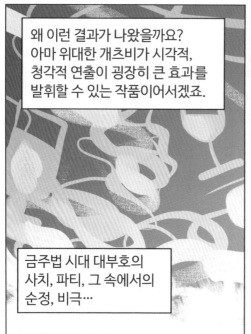

왜 이런 결과가 나왔을까요?
아마 위대한 개츠비가 시각적,
청각적 연출이 굉장히 큰 효과를
발휘할 수 있는 작품이어서겠죠.

금주법 시대 대부호의
사치, 파티, 그 속에서의
순정, 비극…

헐리우드 자본 끌어다가
이걸 비주얼로 만드니,
그냥 훅 빠져듭니다.

This!!
is!!
America!!

게다가 연출을 굉장히 센스 있고
호소력 있게 했습니다. 그 결과
데이지와 개츠비, 닉, 톰의
캐릭터가 더욱 살아났고요.

원작에선 쓱쓱
조용히 지나가던 부분도
영화에선 몇 배로
극적으로 연출됩니다.

특히 데이지는 영화에서 정말 열심히 보정해줬다고 생각해요. 원작에선 당최 이해가 안 되던 캐릭터였는데 영화에선 꽤나 감정이입이 가능했습니다.

결말부 빼고…

그리고 제 생각에는 원작 문체도 영화 고평가에 한몫을 했습니다.

피츠제럴드의 문체가 막 엄청나게 풍성하게 비유를 끌어다 쓰고 하나하나 극적으로, 회화적으로 묘사하는 스타일이 아니거든요.

이게 나쁘단 게 아니라요. 문체에 따라

이건 영화로는 절대로, 절대로 구현 못해!

싶은 작품이 있고,

이건 영화를 잘만 만들면 충분히 원작만큼 좋을 수 있겠어.

싶은 작품이 있습니다.

이 책은 후자에 속한다고 생각합니다.

물론 그 문체가 취향에 맞는다 하는 분은 원작이 더 좋으실 수 있습니다.

어쨌든 영화는 영화만의 강점을 잘 살렸다 이거죠.

간접광고 아닙니다. 그리고 전 간접광고 의뢰를 언제나 환영하죠.

어쨌든 여러분, 지금까지 그 유명한 《위대한 개츠비》 리뷰였습니다.

제목만 유명하던 메인스트림의 실체를 이해하셨길 바라며!

곧 또다른 문학을 들고 오겠습니다!

《위대한 개츠비》 리뷰– 끝

위대한 개츠비

The Great Gatsby

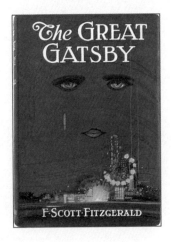

1925년 초판 커버

F. 스콧 피츠제럴드(F. Scott Fitzgerald), 180페이지

미스터리한 부자 개츠비는 과거의 연인이자 유부녀인
데이지와의 사랑을 되찾기 위해 호화로운 삶을 꾸민다. 그러나 그의 꿈은 좌절되고,
그는 결국 비극적인 죽음을 맞이한다. 위선과 방탕 속에 무너져가며,
끝내 자신을 '인간 실격'으로 느낀다. 그의 고백은 절망과 자아 상실의 기록이다.

1920년대 미국의 물질주의와 허상을 비판하며, 아메리칸 드림의 붕괴
를 상징하는 대표적 작품이다. 초판 당시에는 큰 주목을 받지 못했지
만, 사후 재평가를 거쳐 미국 문학의 걸작으로 자리매김했으며, 현대
미국 고등교육에서 필독서로 널리 읽힌다.

8

우리들

이 모든 것 위로 풀이 무성하리라.
이 모든 것에 관한 〈신화〉만이 남게 될 것이다.

예브게니 자먀찐 저, 석영중 역
열린책들(2009), 289p

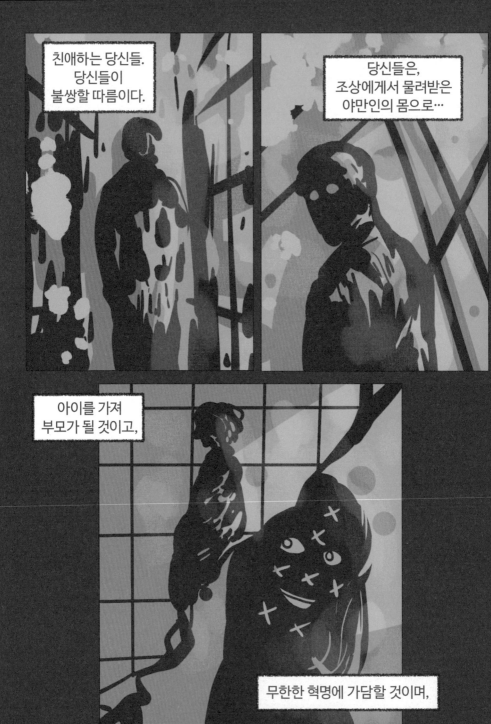

무리수 같은
비논리의 지면을
밟게 되리라.

Мы

행복을 향한 무기질적 포장

-《우리들》리뷰-

유명한 고전
디스토피아물에는
무엇이 있을까요?

《1984》요.

《멋진 신세계》!

멋진 신세계:
1931년 저술

그것보다 더
옛날에 나온,
진짜배기 고전이
하나 더 있는데요?

198-
1948년
저술

응?
《멋진 신세계》
보다도 먼저?

모르겠는데?

《1984》,《멋진 신세계》
에 두루 영향을 미친
작품이기도 하죠.

아니
모르겠다니까…?

바로,
예브게니 자먀찐의
《우리들》입니다!

Mbl

…뭐지?
처음 듣는데?

이거 유명
디스토피아물
아니잖아요.

안 유명하잖아요.

하하하
이 명작을
모르다니!
상식이 없어도
너무 없군요!

아니 너도
최근에 처음 알고
단행본 내고서야
처음 읽었잖아요

네가 어제 알았으면
그게 상식이에요?

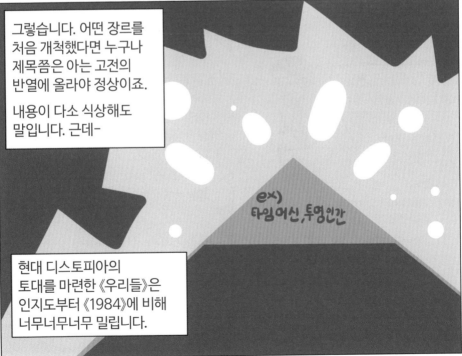

그렇습니다. 어떤 장르를
처음 개척했다면 누구나
제목쯤은 아는 고전의
반열에 올라야 정상이죠.

내용이 다소 식상해도
말입니다. 근데-

ex)
타임머신, 투명인간

현대 디스토피아의
토대를 마련한《우리들》은
인지도부터《1984》에 비해
너무너무너무 밀립니다.

지나가는 사람 붙들고 물어보면 열 명 중에 둘은 알까요?
앗, 자먀찐의 《우리들》요? 알죠!
그럼 그쪽 제 친구가 되어야 할 의무가 있습니다
그 이유는 작가인 자먀찐이 혁명기 러시아 사람인 탓이 큽니다. 러시아 혁명 직후에 디스토피아 소설을 쓴데다 그 내용도 문제였죠.
1917- 러시아 혁명
1920- 《우리들》 저술
1924- 영역본으로 겨우 출간
덕분에 이 책은 엄청난 고생 끝에 나왔습니다.
혁명 반대파로 몰려 된통 당했다!
출판부터 망할 뻔했다!
하지만 제 생각에, 이게 유일한 이유는 아니에요. 《우리들》이 인지도가 처참한 이유는- 그 외 여러 가지가 있을 겁니다.
약간 지루한 서술이라든지, 특이한 문체라든지 덜 직관적인 연출이라든지.

하지만 그런 자세한 이야기는 내용부터 설명한 뒤에 해야겠죠?

디스토피아물이니 세계관 설명부터 하겠습니다. 다만-

그 역할은 제가 아니라 더 적합한 다른 인물이 해줄 겁니다!

반갑다. 나는 단일제국의 번호, D-503이라고 한다.

앞 문장을 당최 하나도 못 알아듣겠다고?

여러분은 말하면서 바지가 무엇이고 셔츠가 무엇인지도 설명하는가?

너무 당연한 것까지 일일이 말해야만 한다니 기가 차는군.

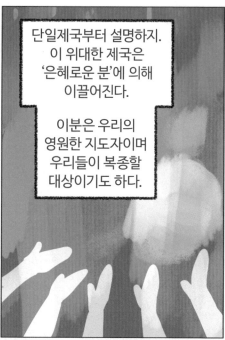

단일제국부터 설명하지. 이 위대한 제국은 '은혜로운 분'에 의해 이끌어진다.

이분은 우리의 영원한 지도자이며 우리들이 복종할 대상이기도 하다.

제국은 200년 전쟁이 끝난 뒤 인류의 20퍼센트만이 살아남았을 때 만들어졌다.

그 전의 국가… 오! 그것들은 감히 국가라는 표현을 사용했다.

아무튼 그 미개한 나라들은 더욱 미개한 개념에 사로잡혀 있었다.

바로 자유다.

자유로 인해 인간은 무가치한 행각을 벌이고 불행해지며 범죄를 일으킨다.

우리의 선조들은 농촌과 도시 사이의 전쟁으로 비참하게 죽어갔다.

그것을 대가로 우리들은 깨달았다. 자유가 0이면 범죄율도 0이라는 것을.

영혼과 감성은 곧 질병이라는 것을.

저기 저 크랭크가 움직이는 게 보이나? 아름답지 않은가?

저것이 아름다운 이유는 오로지 논리에 의해 움직이기 때문이다.

철저한 부자유의
운동이기 때문이다.

우리의 식사는 석유 식품이고
모든 벽은 투명한 유리이다.

이성적 통제,
이성적 감시의 산물…

태양은 인공이며
성생활 또한 국가의
통제를 받는다.

고대에는
빵이라는
음식을
먹었대요.

고대인들은
아버지 어머니가
있었대요.

참고로 임신해서
아이 낳으려고 하면
처형이니까
알아서 처신해라.

그럼 애는
어떻게 생기냐고?
음…인공적으로
만들어내지 않겠나?
아마도?

참고로 내게 등록된 여자 하나는 자꾸 내 아이를 가지고 싶어 한다.

대체 왜 이러는 거지? 머리가 이상한 게 분명하다.

이렇듯 우리들은 단일제국에서 행복하게 살아간다.

다름아닌, 자유로부터 구제되었기에.

개인은 없다! 모두 단일제국의 일부!

이제 번호에 대해 말해야겠군. 이 책 제목이 왜 《우리들》이라고 생각하나?

'나'가 없고 '우리들'만 있어서 그렇다.

이미 말했듯 영혼은 한낱 질병이고 환각증일 뿐이다.

개인의 인격은 행복을 방해하는 장애물일 뿐. 따라서,

개개인을 칭하는 명사는
'사람'이 아니라 '번호'다.

남성 번호는 자음,
여성 번호는 모음이라는
차이는 있지만 말이다.

따라서 나는 D-503이다.

설명은 되었다.

원숭이처럼 털 많은
내 손만 빼면 말이다.

맘에 안 들어…

앞에서 이 책이 《1984》,《멋진 신세계》에 두루 영향을 미쳤다고 말씀드렸습니다.

특징 1.
두 명작의 뿌리

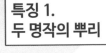

이 영향이 어찌나 잘 보이는지 그 자체로 특징이 됩니다. 나머지 두 명작도 영업할 겸 간단히 비교해보겠습니다.

우리들

1984

멋진 신세계

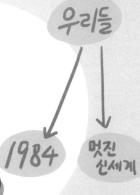

참고로 《멋진 신세계》 리뷰와 《1984》 리뷰는 고전 리뷰툰 첫 단행본에 있습니다!

보시다시피《우리들》의 디스토피아는 쾌락주의적인 《멋진 신세계》와 다릅니다. 철저한 억압사회인 《1984》와도 다르죠.

가장 중요한 키워드는 논리입니다. 이곳에선 이성과 논리가 최고의 가치로 간주되며 비논리가 가장 추악한 것으로 여겨집니다.

이번 수업에선 무리수에 대해 배웁니다.

꺄아악 싫어! 무리수는 비이성적이야! 영어로도 irrational number란 말야!

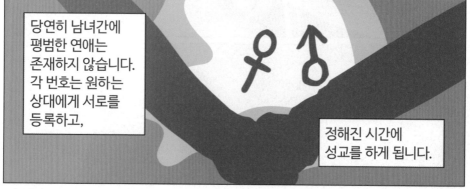

당연히 남녀간에 평범한 연애는 존재하지 않습니다. 각 번호는 원하는 상대에게 서로를 등록하고,

정해진 시간에 성교를 하게 됩니다.

지금이 우리의 커튼 이용 시간이에요.

온통 유리벽이어서 일상을 다 감시당하지만 저 관계 시간만큼은 커튼을 내려줍니다.

다행이죠? 안 그러면 그냥 야설 될 뻔했습니다.

그럼 본격적으로 유사점을 찾겠습니다.

여기서부터는 디스토피아 고전 세 작품의 스포일러가 좀 들어갑니다!

《1984》와의 유사점부터 알아봅시다. 둘 다 일상을 감시하는 높으신 분이 존재하네요.

은혜로운 분!

빅 브라더!

그리고 이 체계에 살짝살짝 의문을 느끼는 주인공이 있습니다.

D, 요즘 무슨 일 있어?

윈스턴, 자네 좀 이상한데?

주인공은 그 속에서
은밀하게 수기를 남깁니다.

그리고 히로인과 함께
혁명에 가담합니다.

결말에도 어느 정도
유사성이 있습니다.

Spoiler

하지만 위에서
D가 해준 설명을
보면 아실 겁니다.

《우리들》의 단일제국이
《1984》처럼 국민을
밑도끝도 없이 학대하고
억압하는 디스토피아는
아니라는 걸요.

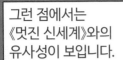

그런 점에서는
《멋진 신세계》와의
유사성이 보입니다.

단일제국의 말끔하고
반짝거리며 청결한
환경은《멋진 신세계》
와 비슷합니다.

여러 사람들의 '단일성'을
강조하는 것, 단일성이
작중에서 미덕인 것 또한
《멋진 신세계》와 비슷합니다.

와! 항상
반대편 다 보이는
깨끗한 통유리!

우울한 감성에
전혀 도움 안 되는
깨끗한 방!

그 깨끗하고 인위적인
환경에 있던 주연들이
어느 날 '야만적'인 장소에
가는 것도 비슷합니다.

임신이 금기시되고 작중 세계관에 '부모'의 개념이 없다는 점도 비슷합니다.

하지만 나는 아이를 가져보고 싶어요···

임신해버렸어! 태어난 아이는 날 엄마라고 부르겠지? 끔찍해!

결말도···어···좀? 비슷?합니다.

아까부터 짜증나

이렇기 때문에 개인적으로는 《우리들》을 《1984》, 《멋진 신세계》를 읽고서 보시는 걸 추천드립니다.

비교하면서 무릎을 칠 수도 있고 소소한 잔재미가 넘쳐나거든요.

반대로 읽어도 되지만 《우리들》은 독서 초보가 읽기엔 장벽이 있습니다.

근데 이 정도로
둘을 합쳤다는 게
잘 보이면…

자체적인 매력은
부족하다는 뜻
아닌가요?

갈!!!

–근데 솔직히
이 작품 읽기 전에
저도 비슷하게
생각했습니다.

《멋진 신세계》만큼
참신하고 매력적인
디스토피아물을
또 볼 수 있을까?
하고요.

현실적으로 《우리들》의 경우

이거 재밌어?

그게…
좀 지루해…

라는 한줄평을
너무 많이 봐서
더더욱 기대치를
낮췄습니다.

하지만, 이 작품은–

특징 2.
감성은 환각, 영혼은 질병,
논리는 행복

《1984》가 경고하는
'억압의 지옥',
《멋진 신세계》가 경고하는
'쾌락의 지옥' 이외에도,

305

'**이성의 지옥**'이 있음을 말해주었습니다.

솔직히 저는 이런 디스토피아 처음 봅니다. 여러분은 혹시 보셨나요?

평생 유리로 만들어진 단일제국 안에서 살고,

평생 흙바닥과 진짜 태양과 동물 한 마리 안 보고 사는 국가.

'시간 율법표'에 따라 모두가 기계처럼 같은 시간에 자고 같은 시간에 일어나고 음식 씹는 수까지 정해진 국가.

《멋진 신세계》에서 포드를 고평가하듯 여기서는 테일러를 고평가한다! 기계 부품 같은 노동 패턴을 정립했으니까!

냠 냠

감정과 '비이성'이 생겨난 사람에게

당신은 병이 생긴 겁니다. 영혼이 생기는 병. 환각증이라고도 하죠.

완치는 힘들지만, 많이 걷는 게 도움이 됩니다.

라고 의사가 말해주는 국가.

이 섬세하고 무기질적인 느낌은 현대에도 충분히 참신하게 받아들여집니다.

여기에 더해, 나머지 두 디스토피아와 명확히 구별되는 점은요.

저 무기질적인 세계에 꽤 강한 정당성이 부여된다는 겁니다.

《우리들》은, 그 배경설정을 다소 뭉뚱그리는 나머지 두 작품과 달리…

항상 전쟁 중이었다. 그냥 원래 그랬다고.

이런저런 과정 끝에 이러는 게 제일 낫다고 결론 나서 이러고 산다.

어쩌다 작중 세계관이 생겨났는지에 대해 매우 구체적으로 설명해줍니다.

200년 전쟁!!

솔직히 약간은 이해되지 않습니까? 심정적으로요.

《우리들》에선 높으신 분이 주인공 붙잡고 온갖 논리를 총동원해 세계관을 정당화하지 않습니다.

그거 없어도 저 배경만으로 설명이 끝나거든요.

애초에 정당화는 내가 열심히 하고 있는걸.

아니 전쟁으로 인류의 8할이 죽었다잖아요. 그 트라우마로 단일제국 만들었다잖아요.

이 이상의 정당화가 어디 있겠습니까? 열 마디 말보다 하나의 비극이 더욱 와닿죠.

와 후유증 심하겠네;;

그러게;; 이러면 나라도 감정에 질색할 듯;;

그래그래 자유 좀 빼앗을 수도 있지(?)

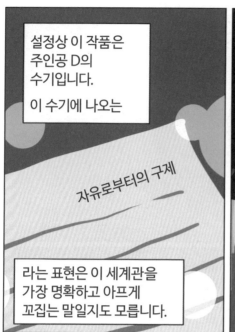

설정상 이 작품은
주인공 D의
수기입니다.

이 수기에 나오는

자유로부터의 구제

라는 표현은 이 세계관을
가장 명확하고 아프게
꼬집는 말일지도 모릅니다.

이성적인 디스토피아는
전쟁에 대한 인류의
뼈아픈 트라우마가
만들어냈던 것입니다.

하지만, 아시죠?
좋은 작품은
설정만으로
완성되지
않습니다.

특징 3.
기하학적 표현력

훌륭하고 적합한
문체가 있어야 하죠.

와
은혜로운 분처럼
눈부셔!

그렇습니다. 단순히 잘 쓰는 걸 넘어 작품과 어울리는 문체가 필요합니다.

이런 이성적 소설에는, 감정이 폭발하는 만연체는 안 어울리겠죠? 너무 가벼워도 안 되고 너무 폼 잡는 무거운 문체도 안 됩니다.

가장 좋은 건 무기질적 문체일 것입니다. 건조하다 말하기엔 애당초 습기조차 없고, 딱딱하다 말하기엔 경도 자체가 없는…

그런 글이 필요합니다.

자먀찐은 그걸 해내죠.

만약 우리가 수학적으로
오류가 없는 행복을
자신들에게
가져다준다는 사실을
그들이 이해하지 못한다면
우리의 의무는 그들을
강제로 행복하게 만드는
일일 것이다.

그렇다.
우리는 0으로 돌아왔다.
그렇다. 그러나
수학적으로 사고하는
나의 이성에게는 그 0이
완전히 다른, 새로운
0임이 분명하다.

그러나 무력을 쓰기 전에
우리는 언어의 힘을
시험할 것이다.
'은혜로운 분'의 이름으로,
단일제국의 모든 번호에게
선포한다.

인류의 역사는
선회하고 위로 진행한다.
마치 아에로처럼.

또한 그것이 그리는
원의 색은 황금빛,
핏빛 등 다양하다.
그러나 그들은 모두
동일하게 360도로
나눠진다.
0에서 전진하며
10도, 20도, 200도,
360도,
그리고 다시 0으로
돌아온다.

우리는 0에서 시작하여
오른쪽으로 전진하였다.
그리고 왼쪽에서부터
0으로 되돌아왔다.
따라서 우리에게는
+0 대신 −0이 있다.
이해하겠는가?

글을 읽다 보면 그걸 말하는
인물의 감정이 상상됩니다.
《1984》에선 처절한 절망과
분노가 터져나오고-

《멋진 신세계》에선
이질감을 꼬집으며
이죽거리는 느낌이
터져나왔습니다.

그런데 《우리들》을
읽을 때는…

아무 감정이
느껴지지 않았습니다.

그래,
이해하지 못한다면
우리의 의무는
다음과 같다.

자, 이러이러하다.
이해하겠는가?

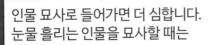

인물 묘사로 들어가면 더 심합니다.
눈물 흘리는 인물을 묘사할 때는

푸른 접시의
가장자리를 넘어서
들리지 않게, 성급하게
떨어지는 물방울.
뺨을 따라, 더 아래로,
가장자리를 넘어
성급하게 나오는 말.

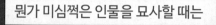

뭔가 미심쩍은 인물을 묘사할 때는

그러나 그녀의 얼굴 어딘가에는,
눈인지 눈썹인지는 모르겠으나,
기묘하고 사람을 초조하게
만드는 듯한 X자가 있었다.
나는 그것을 포착할 수도,
산술적으로 표현할 수도 없다.

곱사등이 인물을 묘사할 때는

좀 감이 잡히시죠?
묘사 자체가
기하학적이고
추상적입니다.

문장은 극도로
정제되어
논리적이고요.
정말 특이하고
매력적인
문체입니다.

그의 몸은
두 번 휘어진 형태로
흡사 S자 같았다.

이 문체로 중간중간 감정을 터뜨려주는 부분도 있는데요. 평소의 무기질성 때문에 그 때의 카타르시스는 배가 됩니다.

더 이상 글을 쓰고 싶지 않다…!

그래도 끝까지 유리벽 하나 사이에 두고 말하는 느낌이긴 합니다.

물론 이 점이 이 책의 대중성을 낮춘 요인일 수 있습니다. 워낙 논리적이고 추상적이어서 독자에게 직관적으로 와닿지 않거든요.

좀 뭔가 더 오타쿠스러운 걸 넣었어야죠

문체만 벗겨봐라 그대로 애니화해도 될걸

하지만 그럼에도 추천하는 이유는, 또 다른 의미의 재미가 있기 때문입니다.

전시회에서 잘 만든 조각상 보는 건 말초적이지는 않아도 재밌잖아요? 이 책의 문장은 그런 종류의 재미를 줍니다.

특징 4.
매력적인 캐릭터성 및 서사

마지막으로, 제일 중요한 부분을 말해야죠!

이때까지 주인공 외 캐릭터랑 중심 스토리를 말 안 했죠? 이제 말씀드릴게요.

둘을 떼어놓을 수 없어서 같이 설명하겠습니다.

설정상 이 소설의 내용은 D가 쓴 수기입니다. 그의 직업은 우주선 담당 기사이고,

인쩨그랄 호의 완성이 코앞이다!

친구인 R과 파트너인 O가 있습니다.

R은 주인공의 절친입니다.
학생 때부터 친했지만
O를 공유함으로써 계속
절친으로 남게 되었습니다.

직업은 시인입니다.
보통 이런 인물이
그렇듯 주인공한테
질투도 안 하고 딱히
갈등을 일으키지도
않습니다.

헐리웃 영화에
나 같은 캐릭터
종종 나오지 않아?

응 근데 거기선
일반적으로 파트너를
공유하진 않더라

O는 R이랑도 잘 놀긴 하지만
주인공 D를 진심으로 좋아합니다.
그리고 D의 아이를 가지고 싶어 하죠.

요약하니 뭔가 이상한 관계지만
이건 제 탓이 아닙니다.
본문으로 읽어도 이상하거든요.

근데 사실 이 둘은
이야기의 중심 줄기는
아니고,

주인공, 그리고 그에게 접근한 기묘한 여성 I가 핵심 인물이 됩니다.

I는 O와 달리 이지적이고 상대를 휘두르는 스타일입니다. 그녀는 단일제국에 숨어 있는 '혁명파'의 주역이죠.

그녀 때문에 주인공의 가치관은 크게 흔들립니다. 주인공은 이제껏 얌전하고 착한 O랑만 잘 놀면서 모범적인 단일제국 시민으로 살고 있었습니다.

실례합니다. 당신이 너무 인상적이어서요. 대화 좀 해도 될까요?

하지만 I를 만나고서,

뭐야 이 여잔? 왜 갑자기 와서 이상한 말만 하지?

손은 왜 또 보여달래? 난 내 손 싫은데?

인상은 왜 저리 날카로워? 몸은 왜 저리 길고 날렵하지?

왜 나더러 자꾸 어디로 오라고 명령질이지?

됐어, 안 가. 수상하면 죄다 신고해버릴 테다. 아 진짜 안 간다고. 나 너 싫다고.

저기, D… 그쪽만 보지 마요…

위대한 단일제국 시민으로서
이런 이상한 여자에게 첫눈에
반했다는 걸 인정 못하고
엄청 틱틱댑니다.

하자는 대로 다 하고
있는 대로 다 휘둘리는데
아무튼 입으로는 계속
싫다고 합니다.

물론 이런 캐릭터가 다 그렇듯,
중반부 이후에는 완전 함락돼서
정신을 못 차립니다.

와-

공략 쉽네.

I의 손에 이끌려
처음으로 '비이성적'
경험을 하고…

?

그녀를 사랑하며
혁명에 동조하게
됩니다.

당연하지만 이 과정에서
O와의 갈등도 생겨납니다.

아니, 임신하고
싶다니까요?

예, 사실《우리들》은 디스토피아 혁명물의 탈을 쓴 D의 러브스토리라 보아도 무방합니다.

이게 바로 《1984》와의 차이죠.

처음부터

이 세상은 이상해…

당신 좋은데 나랑 만날래요?

오케이!

로 이어진 윈스턴의 러브스토리는, 결국 곁다리일 뿐입니다.
본 스토리는 작중 답없는 세계관과 그에 대한 조직적인 저항입니다.

반면《우리들》의 러브스토리를 조금 전처럼 요약한다면 어떨까요?

이 세상은 정말 완벽하게 멋지다. 단일제국 최고!

D, 당신은 내가 아니라 I를 좋아하죠?

아무래도 나는 I를 만난 뒤로 영혼이 생기는 병에 걸린 듯하다. 완치가 불가능할지도 모른다.

그녀와 만난 뒤, 모든 게 이상하게 보이기 시작했어…

이렇게 될 겁니다. 얼핏 봐도 전개가 훨씬 다채롭죠.

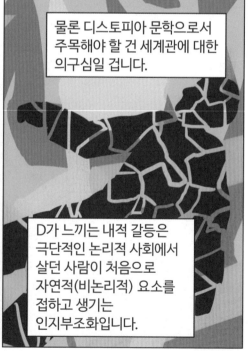

물론 디스토피아 문학으로서 주목해야 할 건 세계관에 대한 의구심일 겁니다.

D가 느끼는 내적 갈등은 극단적인 논리적 사회에서 살던 사람이 처음으로 자연적(비논리적) 요소를 접하고 생기는 인지부조화입니다.

D의 강박적인 성격,
그리고 I의 저돌적인
성격 탓에 이 점이
두드러지죠.

이 과정에서 둘은,

이미 제국은
마지막 혁명을
이루었단
말입니다.

마지막 숫자가
없듯,
마지막 혁명도
없어요.

라는 대화를 합니다.

자먀쯴이 러시아에서
반혁명파로 몰려
박해받은 건 이런 부분
때문이겠죠.

하지만 이 혁명서사는
결국 러브스토리에
깊게 엮여 있습니다.

혁명에 가담하는
최후까지 D가 하는
생각은,

이 세상은 썩었다!
은혜로운 분
따위 꺼져!

가 아니라,

I는 날 사랑하는 게 맞을 거야…

입니다.

여기에, 비록 핵심 줄기는 아니나 O와의 이야기도 주목해야 합니다.

O는 D를 사랑하고 그의 아이를 갖고 싶어 합니다.

내가 살려면 그 여자의 도움을 받아야 한다고요? 싫어요!

그리고 D가 I를 사랑하자 평범한 현대인처럼 질투하기도 하죠.

감정이 살아난 D는 이런 O를 한층 애틋하게 바라봅니다.

어찌 보면 O는 I와는 다른 방식으로 D에게 인간성을 깨우쳐준 셈입니다.

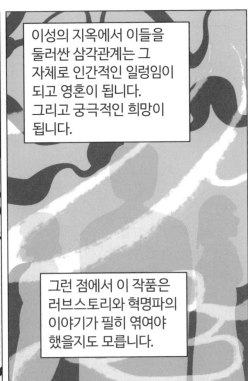

이성의 지옥에서 이들을 둘러싼 삼각관계는 그 자체로 인간적인 일렁임이 되고 영혼이 됩니다. 그리고 궁극적인 희망이 됩니다.

〈우리들〉에서 중요한 부분은 혁명파의 노골적인 집단 간 행동이 아니라 이 삼각관계라 생각합니다.

그런 점에서 이 작품은 러브스토리와 혁명파의 이야기가 필히 엮여야 했을지도 모릅니다.

사랑을 통한 인간성의 깨우침이 여기서는 곧 혁명이니까요.

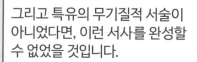

그리고 특유의 무기질적 서술이
아니었다면, 이런 서사를 완성할
수 없었을 것입니다.

물론 이 문체 때문에 많은
독자가 떨어져 나갔겠지만요.

어때?
명작이야?

응...

매력적인 캐릭터성
또한 추천 요소입니다.

문학에서 이렇게까지
덕질욕구 느껴지는
캐릭터들은
간만이었습니다.

이거 정말
일본만화 못지않아요.
구도는 남성향 하렘물에
가까운데, 남주인공도
매력 터져서 여독자들도
같이 잡을 삘이라고요.

아주 그냥
종합선물세트입니다!

진정해요

요상한 책 리뷰
보시느라
수고하셨습니다!

이상, 혁명 후
머나먼
미래였습니다!

《우리들》 리뷰- 끝

우리들

We

1920년 초판 커버

예브게니 자먀찐(Yevgeny Zamyatin), 200페이지

전체주의 국가 '하나의 국가'에서 살아가는 수학자 D-503은
통제된 삶 속에서 자유로운 여성 I-330을 만나 혼란에 빠지고,
체제에 의문을 품게 된다. 결국 그는 반체제 활동에 연루된다.

소련 초기 전체주의에 대한 예언적 경고로, 디스토피아 문학의 원형
으로 평가된다. 발표 직후 검열로 인해 본국에서는 출간이 금지되었지
만, 훗날 조지 오웰과 올더스 헉슬리 등에게 큰 영향을 주었다. 20세
기 반(反)유토피아 문학의 선구적 작품이다.

고전 리뷰툰, 냉정과 열정 (냉정 편)

이제 읽을 때도 됐다, 인류 최강의 냉냉한 고전 문학 탐구 여행!

모래의 여자, 마음, 이상한 나라의 앨리스, 인간실격, 보물섬, 순수의 시대, 위대한 개츠비, 우리들

초판 1쇄 발행 2025년 06월 01일

지은이 키두니스트

펴낸이 최현우   기획·편집 박현규, 최혜민, 김성경

디자인 박세진   조판 이혜진

마케팅 오힘찬   피플 최순주

펴낸곳 골든래빗(주)

등록 2020년 7월 7일 제 2020-000183호

주소 서울 마포구 양화로 186 LC타워 449호

전화 0505-398-0505   팩스 0505-537-0505

이메일 ask@goldenrabbit.co.kr

홈페이지 www.goldenrabbit.co.kr

SNS facebook.com/goldenrabbit2020

ISBN 979-11-94383-25-3 03800

우리는 가치가 성장하는 시간을 만듭니다.

골든래빗은 가치가 성장하는 도서를 함께 만드실 저자님을 찾고 있습니다.

내가 할 수 있을까 망설이는 대신, 용기 내어 골든래빗의 문을 두드려보세요.

apply@goldenrabbit.co.kr

골든래빗
바로가기